茜草指武良前野逝標野行野守者不見
哉君之袖布流
あかねさすむらさきのゆきしめのゆき
のもりはみすやきみかそてふる

明日香宮御宇天皇
謚曰天武天皇

皇太子答御歌
紫草能[illegible]保散類妹乎尓苦久有者人嬬故
尓[illegible]方

むらさきのにほへるいもをにくくあらは
ひとつまゆゑにわれこひめやも

NHK

100分 de 名著 books

万葉集

Man'yōshū

Sasaki Yukitsuna

佐佐木幸綱

NHK出版

はじめに——混沌・おのがじし・気分

万葉集の研究・評釈は、昭和時代に入ってから一挙に盛んになります。『校本万葉集』の完成によって、信頼できる万葉集の本文が手に入るようになったからです。文庫本がでたりもして、一般の人たちも万葉集が読めるようになります。研究者はもちろんのこと、歌人たちも熱い思いを込めて万葉集の評釈に取り組みます。

万葉集の原本はありません。後世に書写されたものが残っているだけです。後世に写された写本や断簡をできるだけ多く集めて、つき合わせ、可能な限り原本に近い本文テキストを復元しよう。こういうモチーフで『校本万葉集』が作られました。一番古い写本は、平安朝中期に写された『桂本《かつらぼん》万葉集』と呼ばれるもので、巻四の百九首と断簡だけが残っています。これをはじめとして江戸時代までに写された百三十五部（抄本・断簡を含む）のすべてを校合したのが『校本万葉集』です。編者は佐佐木信綱《のぶつな》、橋本進《しん》吉《きち》、千田憲《せんだけん》、武田祐吉《ゆうきち》、久松潜一《ひさまつせんいち》の五人。明治四十五年（一九一二）から大正十三年（一九二四）までじつに十余年もの歳月をかけて作られました。本文二十冊、四千八百八十二ページに及ぶ大冊です。この成果をもとにして、昭和二年（一九二七）に漢字仮名交じりの本文テキスト・岩波文庫『新訓万葉集』（上・下）が出ます。広く安価に誰でもが万葉集にふれることができるようになったのです。ちなみに、この本ではそれを底本に用いました。

こうして信頼できる万葉集の本文が身近になったので、歌人たちも万葉集の研究に打ち込めるようになります。昭和期に三人の歌人が万葉集全巻の注釈書を書き上げていま す。窪田空穂《うつぼ》、土屋文明《ぶんめい》、佐佐木信綱の三人です。万葉集は何しろ四千五百余首もの大部な歌集ですから、単独で全部の歌の注釈を完成させるのは大事業です。近代の研究者でそれをなしとげた人はわずか十人しかいませんでした。そのうち三人が歌人だった事実に私は注目します。この三人のほかにも、斎藤茂吉《もきち》、島木赤彦《あかひこ》、尾山篤二郎《とくじろう》といった歌人たちが注目すべき万葉集についての著作を残しています。

ここでは、歌人たちの万葉集評釈の中から、三つのキーワードに注目したいと思います。それぞれに万葉集の一面を的確に言い当てているからです。

三つとは、「混沌」「おのがじし」「気分」の三つです。「混沌」は斎藤茂吉『柿本人麿』、「おのがじし」は佐佐木信綱『評釈万葉集』、「気分」は窪田空穂『万葉集評釈』に出てくる用語です。万葉集を眺めるとき、この三つのキーワードを鍵にその特色を見るのが有効です。

まず斎藤茂吉の「混沌《カオス》」。初期万葉集の作品を見るときに特に有効なキーワードです。古事記・日本書紀に挿入されている歌謡には、不定形の歌がかなりあるのですが、万葉集になると急激に整理されて、不定形歌はなくなり、ほぼ短歌と長歌に集約されます（旋頭歌《せどうか》六十二首、仏足石歌《ぶつそくせきか》一首とわずかな例外はありますが）。個人が短歌という定型歌を作るようになる前に、集団の歌つまり複数の声を抱き込んでいる歌があったと想定されます。たとえば村落共同体の全員が一つの歌を共有する、といったケースです。そうした歌には個人の歌にはみられない混沌《カオス》がある。この混沌《カオス》が万葉集の歌の大きな魅力だと斎藤茂吉は言っています。

次に佐佐木信綱の「おのがじし」。人それぞれ、めいめい、といった意味です。現在の言葉で言えば個性的、個性尊重などが近いかと思います。これが万葉集の歌の特色だというのです。

六〇〇年代後半、日本人は「今」を自覚し、人間の生がくり返しのきかない一回限りのものだということに気づきます。古墳の時代から火葬の時代へ移行します。日本ではじめて編年体の歴史書が書かれます。古墳の時代まではこの世と死の世界が地続きだったわけですが、火葬の時代になって生と死の世界が断絶します。ほぼ同じころに干支《えと》、四季のように循環していた時間が、くり返しのきかない流れゆく時間にとって変わられます。「今」はくり返せないということ、人間の生は一回かぎりだということ。そこに、おのがじしの生き方があらわれ、個の抒情《じょじょう》が芽生えます。万葉集は、この個の抒情の誕生と深く関係しています。

たとえば空に浮く雲もおのがじしの目でとらえられ、おのがじしの言葉で表現されるようになります。信綱は「万葉集の雲」という評論で古今集以下の勅撰集とちがって、万葉集だけに多彩な雲が登場する事実を指摘しています。「……色では白雲、青雲、時では朝雲、形では横雲、布雲、豊旗雲、浪雲、その状態については、立つ雲、ゐる雲、飛ぶ雲、いさよふ雲、行く雲、たなびく雲、かかる雲、延《は》ふ雲、横切る雲……」。万葉集の歌の多彩さは、万葉人たちが「おのがじし」を自覚したことによる、と言っていいでしょう。

窪田空穂は、「気分」を万葉集の歌に見いだしました。万葉集後期の時代になってくると「個」の自覚がすすみ、「孤独」をうたう歌が多く見られるようになります。そういうなかで、「気分」という、流動的かつとらえどころのない心の状態の表現が生まれてきます。他者と共有できない本人だけの内部の深淵です。

万葉集の成立は、言葉を換えていえば、日本における詩の誕生です。日本において詩が誕生した現場を見ようとするとき、この「混沌」「おのがじし」「気分」、という三つのキーワードは重要なポイントとなるでしょうし、万葉集を読むときの有効な手がかりになるだろうと思うのです。

目次

はじめに
混沌・おのがじし・気分……005

第1章
言霊の宿る歌……013
巻頭の歌——豊作を予祝する帝王の歌／万葉集の時代
大君に仕へまつれば——公的宴席の歌／恋の奴のつかみかかりて——私的宴席の歌
万葉集という歌集／万葉集第一期　代作者の栄光と言霊——額田王
鎮魂の物語へ——有間皇子／御命は長く天足らしたり——天智天皇挽歌

第2章
プロフェッショナルの登場……049
蒲生野の宴／万葉集第二期　大君は神にしませば
儀礼空間と天皇讃歌／廃墟の美の発見
虚構と推敲／旅の諸相、そして死

第3章

個性の開花

……079
万葉集第三期　三十五年後の吉野讃歌／都市生活と〈個〉の誕生
長歌から短歌へ――山部赤人①／田子の浦と青空――山部赤人②
酔泣と凶問――大伴旅人①／亡妻挽歌――大伴旅人②
大宰帥と筑前守――山上憶良①／貧窮問答歌――山上憶良②
腰細のすがる娘子――高橋虫麻呂

第4章

独りを見つめる

……111
万葉集第四期　感覚を表現する歌人――大伴家持／越中守と「山柿の門」
大伴の氏と名に負へる丈夫の伴／春愁三首の〈気分〉
多麻川にさらす手作――東歌／拙劣き歌は取載せず――防人の歌①
百隈の道は来にしを――防人の歌②／万葉集巻軸の歌

万葉集の時代　年表……144

ブックス特別章
相聞歌三十首選……146

あとがき……171

※本書における『万葉集』からの引用は、佐佐木信綱編『新訂 新訓万葉集』（岩波文庫）を底本にしていますが、漢字の旧字体は新字体に改め、本文も適宜、読みやすいように著者が改めました。なお、訳文は著者によります。

第1章――言霊の宿る歌

巻頭の歌——豊作を予祝する帝王の歌

万葉集は現存する日本最古の歌集です。全二十巻に収める歌は長歌・短歌[*1]その他合わせて四千五百余首。その巻一の一、すなわち全巻の巻頭を飾るのは、雄略天皇[*2]作の次の長歌です。

籠《こ》もよ　み籠《こ》もち　ふくしもよ　みぶくし持ち　この丘《をか》に　菜摘《なつ》ます児《こ》　家聞かな
名告《の》らさね　そらみつ　やまとの国は　おしなべて　吾《われ》こそをれ　しきなべて　吾《われ》
こそませ　我こそは　告《の》らめ　家をも名をも　（巻一・一）

（籠よ、立派な籠を持ち、掘串《ふくし》よ、立派な掘串をもって、この岡に菜を摘んでおられる娘よ。家と名前を申せ。この大和の国は、すべてこのわれが治めているのだ。全体的にわれが支配しているのだ。まずはわれこそ、家も名も教えてやろう）

春の一日、カラフルな衣装に身をつつみ、岡で草を摘んでいる娘たち。そこへ通りかかった、堂々たる体軀に立派な髭をたくわえた大和の王者が、娘の一人（敬語が使われているので神に仕える女性でしょう）を見そめて、呼びかける——これは求婚の歌です。

と同時に、三度も繰り返される〈われ〉の強烈さの前には求婚された娘は「ノー」と言えなかったはずだという意味で、成婚の歌でもあります。

じつはこの歌、「天皇の御製《ぎょせい》の歌」と題詞にはあるものの、現在では、雄略天皇が実際に作った歌だとは考えられていません。もともとは共同体のなかで、毎年春、農耕開始に先立つ時期に、演劇的・舞踊的な所作を伴ってうたわれた伝承歌だろうとみられています。[*3]結婚とは子孫を繁栄させることだから、その歌を農耕に先立ってうたうことは、とりもなおさず五穀豊穣を約束することになる。つまり、豊作を予祝《よしゆく》する（あらかじめ祝う）のです。

それを支えているのが、言葉に霊力が宿ると信じる「言霊信仰《ことだましんこう》」です。万葉集の時代の人々（万葉人）は、〈言〉と〈事〉は重なりあうものと考えていました。「豊作だ」と言葉を発すると、言（言葉）のもつ霊力が事（現実）を引き寄せて、めでたくも豊作がやってくると信じたのです。その際彼らは、日常の言葉で言うよりも歌の形でうたわれる言葉のほうが、言霊はより威力を発揮することを知っていた。そこで、この「王者の結婚」の歌が作られ、その主人公の王者が、数々の武勇と恋の伝説につつまれた古代（万葉人から見た古代）の代表的な帝王である雄略天皇に仮託されたのだと思われます。

そうした共同体の儀礼や伝承を踏まえたうえで、万葉集の編纂《へんさん》者は、遥かに先行する時代の偉大な帝王に敬意を払いつつ、大らかでめでたく、縁起のよいこの歌を巻頭に据えたのでしょう。このことは古代歌集としての万葉集の一面をよく物語っています。

万葉集の時代

万葉集の歌が作られた実質的な時代は、飛鳥時代の舒明天皇《じょめい》*4（六二九年即位）の治世から、奈良時代の天平宝字三年（七五九）にいたる、百三十年間です。

なぜ、〝実質的な〟とわざわざ言うのかと言えば、舒明天皇の時代より前の歌もあるにはあるからです。その一例は右にあげた雄略天皇作の歌（巻一・一）で、五世紀後半とされる雄略天皇の治世は、七世紀前半の舒明天皇の治世より百五十年以上も古いのです。けれども右に見たように、この歌は雄略天皇の自作とは考えられていません。このほか、雄略天皇のもう一首、五世紀前半の仁徳天皇*5の皇后磐姫《いわのひめ》の歌（四首）、同じく仁徳天皇の妹の歌（一首）、五世紀中頃の允恭《いんぎょう》*6天皇の時代の木梨軽皇子《きなしのかるのみこ》の歌（一首）、軽太郎女《かるのおおいらつめ》（衣通王《そとおり》）の歌（一首）、さらには七世紀初めの聖徳太子の歌（一首）と、古い時代の六人の有名人物による計十首の歌が万葉集には収められています。しかし、雄略天皇の巻頭歌と同様に彼らの実作とは考えられないし、何より仁徳期から舒明期までの二百年以上の間にわずか十首しかないのです。これに対し舒明期以降は、十四代の天皇による百三十年の治世に約四千五百首の歌がまんべんなく作られている。したがって作歌の面からみて、万葉集の時代は実質的に舒明期に始まるとみてよいと思います。

もうひとつ、時代認識・時代感覚ということもあります。『古事記』（七一二年完成）は、「天地開闢《かいびやく》」から始めて、神代から時代を追って歴代天皇の事績・伝説・物語など「古の事（辞）を記した」書物ですが、これが推古天皇*7の時代で終わっている。舒明天皇の前の天皇の記述で終わっているのです。どうも万葉人にとっては、推古天皇と舒明天皇の間に、昔と近現代とを分かつ感覚的な切れ目があったらしい。われわれ現代の日本人にも、明治維新を境として、江戸はあちら側、明治はこちら側という感覚がありますが、それと似ています。この時間感覚からも、舒明期を万葉集の時代の始まりと考えてよさそうです。

では万葉集の時代百三十年とは、どんな時代だったのか。

社会的・歴史的に見た場合、最初の画期となるのは六四五年の宮廷クーデター「大化の改新」に始まる一連の政治改革です。とりわけ、大化二年（六四六）の元日に発布された「改新の詔《みことのり》」は、公地公民制・班田収授法《はんでんしゆうじゆのほう》の採用や中央・地方の行政制度の整備などにより、中央集権国家への道を切り開きました。中大兄皇子*8（のち天智天皇）を中心として進められたこの改革は、その後、近江令・飛鳥浄御原令《きよみはらりよう》や大宝律令の制定などを通じて奈良時代の律令制国家確立に至ります。

この時代の社会の変化を、より生活に即して具体的にひろっていくと、こんなふうになるでしょうか。海外との公的交流が始まり、国際関係が切実になるなかで、「日本」「天皇」の呼称が成立した。文字の使用が一般化した。藤原京・平城京などの都市が出現した。都と鄙《ひな》（地方）に大きな格差ができた。全国に成立した六十余国の国府と都の間に交通網が整備された。貨幣ができ、経済の仕組みが一変した。官僚組織が制度化された。都市生活者が生まれ、消費者が出現した。さまざまな場面で、個人の役割や立場が自覚されるようになった。

こうした変化のなかで、歌をめぐる状況も大きく変わります。たとえば、従来は口伝えだけで伝承されていた歌が、文字（万葉仮名）によって書かれ、記録されて、それを読むことで歌を享受する人たちが現れます（これは万葉集の成立に不可欠の出来事でした）。また、交通網の整備に伴い、都の歌が地方に、地方の歌が都に伝えられるようになりました。

さらに私が注目するのは、宮廷人の宴席で、中央・地方の官僚たちの宴席で、歌が重要な役割を担うようになったことです。官僚制度が整備され、中央政府と地方行政機関の関係が調整されるに伴い、貴族や官僚が新たに階層化されて、各所で新しい人間関係が生じることになりました。それは偶然の出会いではなく、構造的な出会いです。出身がちがい、地位がちがい、役割がちがう者同士が、出会い、交際しなければなりません。

そのために頻繁に行われたのが儀式や宴で、そこでのコミュニケーションツールとして、「挨拶歌」や「季節歌」が重要な役割を果たしたのです。地方に赴任した中央政府の役人など、方言の壁に阻まれて言葉が通じにくいこともあったでしょう。そんなとき、まずは共通言語である歌の言葉が重宝なツールとなったのではないか、と私は想像します。それらの歌は、まさに窪田空穂[*9]のいう「実用の歌」です。純粋な「文芸の歌」からはかけ離れたものではあるけれども、古代の歌が、発生以来そういう機能を一面で担っていたことは確かです。

大君に仕へまつれば——公的宴席の歌

そのようなわけで、万葉集には宴席歌が多い。肆宴《しえん》[*10]と呼ばれる宮中の公的な宴から私的な宴までの、規模も性格も出席者も異なる百例近い宴席で詠まれています。まず、公的宴席の典型ともいうべき肆宴で詠まれた歌を見てみましょう。

この肆宴は、奈良時代も半ばにさしかかった天平十八年（七四六）に催されたもの。

万葉集としては後期のものですが、宴の参加者であり、歌の採録者でもある大伴家持《やかもち》*11（当時二十九歳）による長い題詞と左注*12がついていて、開催の事情がよくわかります。それによると——この年の正月に大雪が数寸も積もった。そこで、左大臣・橘諸兄《もろえ》*13が諸王諸臣二十二名を引き連れて元正《げんしょう》太上天皇*14の御座所に参上し、雪掻きの奉仕をした（事実は、高官たちが雪にかこつけて新年の挨拶のため伺候したのでしょうが）。喜んだ太上天皇は、ねぎらいのために肆宴を催し、席上、「この雪を題にして歌を作り、奏上せよ」と勅された。

これに応えて諸兄以下が詠んだのが、次の五首です。すべての者が歌を奏上したはずですが、「そのときすぐに記録しておかなかったので、歌詞がわからなくなってしまった」と家持は左注に記しています。

ふる雪の白髪《しろかみ》までに大君に仕へまつれば貴くもあるか　（巻十七・三九二二）橘諸兄
（降り積もった雪のように、髪が白くなるまでも、大君に仕えさせていただけたことは、
貴く忝《かたじけ》ないことだ）

天《あめ》の下すでに覆《おほ》ひてふる雪の光を見ればたふとくもあるか　（同・三九二三）紀清人《きのきよひと》

（天下をおおいつくして降り積もった雪の輝きを見ると、ただただ貴く思われる）

山の峡《かひ》そことも見えず一昨日《をとつひ》も昨日も今日も雪のふれれば　（同・三九二四）紀男梶《きのをかぢ》

（山も山の谷間も見分けられない。一昨日も昨日も今日も、雪が降りつづいていて）

新《あらた》しき年のはじめに豊の年しるすとならし雪のふれるは　（同・三九二五）葛井諸会《ふぢゐもろあひ》

（新年早々、今年の豊作の前兆ということらしい。こんなに雪が降り積もったのは）

大宮の内にも外《と》にも光るまでふれる白雪見れど飽かぬかも　（同・三九二六）大伴家持

（宮殿の内にも外にも、光輝くまでに降り積もった白雪は、見ても見ても見飽きることはない）

第一首の左大臣橘諸兄は、上座の大殿（正殿）に侍《はべ》る大臣・参議・諸王の筆頭として、全員を代表するかたちで太上天皇を讃え、臣下としての光栄をうたっています。

以下は下座の細殿に侍る諸卿大夫の歌で、第二首の紀清人はその筆頭として、諸兄の歌の結句「貴くもあるか」をそのまま承《う》けて諸兄を立て、太上天皇を讃えています。

第三首は、雪の多さをうたうことで、今日の充実と宴席（つまり、〈いま・ここ〉）のすばらしさを讃えた歌。

第四首は、大雪を豊作の前兆とする中国の言い伝え（『後漢書』『文選《もんぜん》』等）を踏まえた歌で、この吉兆をもたらしたのは太上天皇の徳だとする、間接的な太上天皇讃歌になっています。

第五首は、雪のすばらしさを讃えることで〈いま・ここ〉の充実を表現し、「見れど飽かぬかも」によって〈いま・ここ〉の永遠性、大宮の永遠性を讃えています。「見れど飽かぬかも」は柿本人麻呂*15が発明したフレーズで、讃歌の慣用句として人気があり、「見れども飽かず」といった類似の表現まで含めると、万葉集中に五十をこす用例があります。

五首を通して見ると、第一・二首は直接的に太上天皇の貴さ、ありがたさをうたい、第三・四・五首は雪の多さ、縁起のよさ、雪の美しさ、大宮の永遠性をうたうことで、間接的に太上天皇を讃えるという歌のつくりになっていることがわかります。肆宴の参加者は、着座の順や挨拶・発言の順、歌の奏上の順などはもとより、歌の表現方法においても、それぞれの身分（官位）に基づいた序列を遵守しなければなりませんでした。宮廷の宴という場における立場・役割の自覚が、強く求められたのです。宴席で実用された歌の実態がよくわかります。

恋の奴のつかみかかりて――私的宴席の歌

すべてに序列と規定があり、それを厳密に守らなければならない大がかりな公的宴席は、参加者にとっても多かれ少なかれ窮屈で面倒なものであったことでしょう。これに対し、私的な宴席がにぎやかに盛り上がるのは、万葉の時代も現在も変わりません。そして、その中心にも歌がありました。

万葉集には、蒼古《そうこ》たる歌、格調高い歌、清冽《せいれつ》な歌、憂愁に満ちた歌、物語的な歌など、さまざまな歌がありますが、私的宴席でうたわれた、陽気で、洒落ていて、とぼけていて、ナンセンスで、おもわず笑ってしまうくらい愉快な歌も、じつはかなりあります。万葉集の知られざる一面かもしれません。いくつかの例を見てみましょう。

宴席での歌の流れには基本パターンがありました。①主人の挨拶歌、②主賓の返礼歌、③参加者の歌、そして④納め歌、です。言うまでもなくピークは③で、宴もたけなわとなるこの時分、参加者たちは十八番の持ち歌やその場にふさわしい古歌を誦詠《しょうえい》したり、題に答えて即興歌を披露したりと、多様なパフォーマンスを繰り広げたのです。

最初は穂積親王《ほづみのみこ》*16の十八番の歌です。

家にありし櫃《ひつ》に鏁《かぎ》さし蔵《をさ》めてし恋の奴《やつこ》のつかみかかりて　（巻十六・三八一六）
（家にある櫃に鍵をかけてしっかりと閉じこめておいたはずの恋の奴が、つかみかかってきやがって）

若き日に愛した異母妹・但馬皇女《たじまのひめみこ》*17薨去《こうきよ》に際し、「悲傷《かなし》み流涕《な》き」て「ふる雪はあはにな降りそ吉隠《よなばり》の猪養《ゐかひ》の岡の塞《せき》なさまくに」（巻二・二〇三）との哀切な挽歌を詠んだ貴公子、穂積親王が、一方で、陽気で洒脱な人柄でもあったことを思わせる歌です。左注には、親王は宴もたけなわとなったころ、好んで「この歌を誦《よ》みて」、いつも楽しんだ、とあります。親王の得意の顔が目に浮かぶようです。まさしく、十八番と言うべきでしょう。

なお、左注に「この歌を誦《よ》みて」とありますが、この歌は「歌われた」可能性もあります。この歌につづく二組四首（三八一七〜一八、一九〜二〇）の左注に「琴弾けば、すなはち先づこの歌を誦《よ》みて」「琴取るすなはち、必ず先づこの歌を吟詠《うた》ひき」とあります。これらから類推して、琴の伴奏で何らかのフシをつけて歌ったのか、あるいは無伴奏のラップのようなものだったのか、想像がふくらみます。

次は長意吉麻呂《ながのおきまろ》*18が「蓮の葉」の題を与えられて作った即興歌です。

蓮葉《はちすば》はかくこそあるもの意吉麻呂《おきまろ》が家なるものは芋《うも》の葉にあらし

（巻十六・三八二六）

（蓮の葉は、こういうものだったのか。意吉麻呂の家にあるものは芋の葉であるらしい）

「芋の葉」は里芋の葉。蓮の葉には及ばないけれども大きな長心形で、蓮と同じく水をはじきます。蓮の葉から芋の葉を連想したアイディアがこの歌のポイントで、この宴席にいる美女たちは「蓮の葉」、私（意吉麻呂）の家にいるあれは「芋の葉」だ、というジョークです。自身の妻をけなして三枚目的役割を演じたり、作者の名前を出してへりくだるパフォーマンスも、宴席歌ならではの趣向です。意吉麻呂はこうした気のきいた即興歌の名手でした。

次は「心の著《つ》く所無き歌」と題する二首です。

吾妹子が額《ぬか》に生ひたる双六《すぐろく》の牡牛《ことひのうし》のくらの上の瘡《かさ》

（巻十六・三八三八）

（わが妻のおでこに生えた、双六盤の雄牛の鞍の上の腫れ物）

吾背子が犢鼻《たふさぎ》にする円石《つぶれいし》の吉野の山に氷魚《ひを》ぞ懸有《さがれ》る　（同・三八三九）

（わが亭主がふんどしにする丸い石の、吉野の山に氷魚がぶら下がっている）

「心の著く所無き歌」の「心」は意味。「意味のない歌」のことです。左注によれば、この歌は、舎人《とねり》親王[*19]が取り巻きの者たちに、「意味の通らない歌を作る者がいたら、褒美に銭・絹を遣わそう」と言われたのに応えて、大舎人の安倍朝臣子祖父《あべのあそみこおじ》が作り献上した歌です。舎人親王は『日本書紀』（七二〇年完成）撰修の主宰者で、意味を大事にする仕事をやってきた人。そんな人が「無意味」を追求したのが興味深いところです。二首の無意味さを認めた親王は、二千文の銭を子祖父に与えたとのこと。奈良時代後期には米一升が六文ほどだったようです。宴席の座興の賞金としてはかなり高額になります。

最後は大伴家持が友人に贈った歌です。

石麻呂《いはまろ》に吾物申《われものまを》す夏痩《やせ》に良《よ》しといふ物ぞ鰻《むなぎ》漁《と》り食《め》せ　（巻十六・三八五三）

（石麻呂君、あえて申し上げたい。夏痩せによく効くということ。ぜひ鰻を捕ってお食べなさい）

痩《や》す痩《や》すも生《い》けらばあらむをはたやはた鰻《むなぎ》を漁《と》ると川に流るな　（同・三八五四）

（痩せていたって生きてさえいれば結構、ひょっとして、鰻を捕ろうとして川に流されたりしなさんな）

「痩せたる人を嗤咲《わら》ふ歌二首」。家持の友人の石麻呂は、生来の痩せっぽちで、いくら飲み食いしても、体つきは飢饉《ききん》にあった人のようだった。そこで、家持がこの歌を作ってからかった、と左注にあります。一首目では、わざと敬語を使ってからかい、二首目では反語的な言い方で追い打ちをかけています。このように意表をついた題材・表現で笑いをとるのも、宴席歌の勘どころの一つ。家持もどうして繊細優美なだけの歌人ではありませんでした。

万葉集という歌集

ここまで、巻頭歌の意味をさぐり、万葉集の時代を概観し、一般にはそれほど知られていないけれども、興味深くおもしろい宴席歌をいくつか見てきました。すでに皆さんは、万葉集という歌集の幅広い世界に分け入り始めています。

ここでは、そんな万葉集についての基本的な事柄について述べておきましょう。

•「万葉集」という名称の意味

万葉集という名称については、いくつかの説がありますが、次の二つの説が有力です。

「万」は、よろず、たくさんの意味です。「葉」は何か。

①「葉」を言葉・歌とみる説

②「葉」を時代（世・代）とみる説

①は、はやく鎌倉時代に万葉集研究を行った仙覚《せんがく》[*20]に発する説です。この説については、「葉」が「言の葉」の意味で使われた例が、万葉時代には見られないことが指摘されています。

②は、『万葉代匠記《だいしょうき》』を著した江戸時代の国学者、契沖《けいちゅう》[*21]に発する説です。「万の時代（万世）の先までもこの集がつづいてほしい」という願いと祝福を込めた名称だというもの。学問的な決着はまだついていませんが、私自身はこの契沖の説でよいのではないかと考えています。

・編者はだれか、成立はいつか

万葉集はだれが編纂し、いつ完成したのか――多くの謎につつまれた万葉集のなかでも、とりわけ、だれもが知りたいことでしょう。しかし、仙覚以来の圧倒的な研究の蓄積にもかかわらず、どちらについても定説と呼べるものはまだありません。確実に言えるのは、万葉集は七〇〇年前後の藤原京時代から編纂が始まり、複数の人間が数次にわたって編纂に関わりながら、段階的にまとめられていったこと、完成の時期は奈良時代末期から平安時代前期の間であること、大伴家持が編纂に深く関わったことは確実であること、くらいなのです。

・部立《ぶだて》による歌の分類

部立とは、「歌集中に立てられた分類項目」のことです。万葉集には四季分類や歌体(長歌・短歌・旋頭歌《せどうか》*22・仏足石歌《ぶつそくせきか》*23)による分類などいくつもの部立がありますが、基本となるのは雑歌《ぞうか》・相聞《そうもん》・挽歌《ばんか》の三つで、これを三大部立と呼んでいます。

「雑歌」は雑多な歌の意ではなく、儀礼・行幸・旅・宴会など、公的な場で作られた重要な歌を収めた部立で、他の部立に常に先行して立てられます。万葉集中に約千五百首。

「相聞」は、主として男女の恋を歌う私的な歌を集めた部立。一部の巻では表現技法上から相聞を正述心緒《せいじゅつしんしょ》・寄物陳思《きぶつちんし》・譬喩《ひゆ》とさらに分けています。万葉集中におよそ千七百五十首。古今集以降では「恋（歌）」と部立名が変わります。

「挽歌」は葬送の歌を中心に、辞世の作や死者追憶など、広く人の死を悲しむ歌を集めた部立です。万葉集中に二百六十余首。古今集以降では「哀傷（歌）」となります。

・万葉集の表記

万葉集の歌はすべて漢字で書かれています。古来、日本には固有の文字がなかったため、漢字を利用して日本語を書き表すことにしたからです。すなわち、漢字本来の意味には関係なく、字音・字訓を利用して、漢字を表音文字として使ったのです。このようにして用いた漢字が「万葉仮名」です。ところが万葉仮名は早くも平安中期（十世紀）には、読めなくなってしまった。そこで、万葉仮名で書かれた歌に平仮名や片仮名で訓《よ》みをつける作業が始められ、やがてそれを漢字平仮名交じりで表記するようになりました。つまり私たちが読んでいる「万葉集」の一首々々は、千年をこえる万葉研究の成果に立つ翻訳なのです。

次に掲げるのは非常に有名な万葉歌の原文、つまり万葉仮名表記です。

■『万葉集』全二十巻

- **巻一** 宮廷を中心とした**雑歌**を天皇代ごとに配列
- **巻二** 宮廷を中心とした**相聞・挽歌**を天皇代ごとに配列
- **巻三** 巻一・二を補う**雑歌・譬喩歌・挽歌**
- **巻四** 巻一・二を補う**相聞と大伴氏関係**の歌
- **巻五** 筑紫大宰府での**大伴旅人**と**山上憶良**を中心とする歌を年代順に配列
- **巻六** 聖武朝の始まりからの**宮廷歌などの雑歌**を年代順に配列
- **巻七** 作者名のない**雑歌・譬喩歌・挽歌**
- **巻八** 四季に分類した**雑歌・相聞**
- **巻九** 「柿本人麻呂歌集」など先行する**個人歌集**から採歌
- **巻十** 作者名のない四季に分類した**雑歌・相聞**
- **巻十一** 作者名のない**「古今相聞往来歌類」**
- **巻十二** 巻十一に同じ
- **巻十三** 作者名のない**長歌**。新旧の時代の歌が入り混じる
- **巻十四** **「東歌」**が巻の総題。東国で詠まれた作者不明の歌
- **巻十五** **遣新羅使人の歌**、中臣宅守・狭野弟上娘子の**相聞贈答歌**
- **巻十六** **伝説の歌、こっけいな歌、物の名を詠みこむ歌、民謡**など
- **巻十七** 巻二十まで、**大伴家持の歌日誌**。この巻は越中赴任前後が中心
- **巻十八** 家持、越中時代の歌など
- **巻十九** 家持、越中時代末と帰京後の歌など
- **巻二十** 家持歌日誌、最後の六年分。**防人歌**を含む

東野炎立所見而反見為者月西渡

そう、柿本人麻呂「東《ひむかし》の野にかきろひの立つ見えてかへりみすれば月西渡《かたぶ》きぬ」（巻一・四八）の原文はこう表記されています。もっとも、「東の……」は江戸時代の国学者・賀茂真淵《かものまぶち》*24が始めた訓みで、あまりに見事な訓みなので今はもっぱらこれが通用していますが、それ以前は「あづま野のけぶりの立てる所見てかへりみすれば月傾きぬ」と訓まれていました。もとの文字が少ないので、いくつもの訓みが可能なのです。そこで先人たちは、十四字しかない原文を、「東」を「ひむかしの」と訓んだり、「炎立所見而」を「けぶりのたてるところみて」と訓んだりして、さんざん工夫しながら三十一音の歌となるようにさまざまな試訓に挑戦したのでした。

一方、漢字一字に一音をあててゆく表記法をとる歌もあります。

多麻河伯尓　左良須弖豆久利　佐良佐良尓　奈仁曽許能児乃　己許太可奈之伎

よく知られた東歌《あずまうた》「多麻川にさらす手作《てづくり》さらさらに何《なに》ぞこの児《こ》のここだ愛《かな》しき」

（巻十四・三三七三）の原文です。五七五七七のぴったり三十一文字で、これなら、どこで切るか、どう訓むかで悩むことはほとんどありません。しかも、この表記法なら方言や訛《なま》りなどもそのまま表現できる。東歌の全編が一字一音の仮名表記になっているのは、それにより東国方言を表記しようと、万葉集の編纂者が意図的にこの表記法を採用したのだろうと思われます。

・四つの時代区分

万葉集の時代（より正確には「万葉歌の詠まれた時代」）を、主として歌風の変遷によっていくつかの時代に分けるのは、十八世紀後半に賀茂真淵が「推古朝以前」を最初として五つの時期に分けたのが始まりです（『万葉考』）。この真淵説を下敷きとして、その後いくつかの時代区分論が出されましたが、昭和初期に提案された次の区分が現在では通説となっています（一九三二年、澤瀉久孝《おもだかひさたか》・森本治吉《もりもとじきち》）。

第一期　舒明天皇即位（六二九年）〜壬申《じんしん》の乱（六七二年）
第二期　壬申の乱〜奈良遷都（七一〇年）。
第三期　奈良遷都〜山上憶良《おくら》没年[＊25]（七三三年）
第四期　山上憶良没年〜天平宝字三年（七五九年）一月一日

それではわれわれも、この区分にしたがって、その時代の代表的作者の歌の世界へ、時代をすくいあげる歌の世界へ、分け入ってゆくことにしましょう。

万葉集第一期　代作者の栄光と言霊――額田王

さて、第一期から順を追って読んでゆきましょう。

万葉集の第一期は、いわば「夜明けの時代」。政治史的には舒明天皇（六二九年即位）の時代から、古代日本の画期をなす大化の改新（六四五年）を経て、古代最大の内乱「壬申の乱」（六七二年）にいたるまでの、激動の四十年余です。そんな「激動と夜明け」の時代を象徴するのは、舒明天皇、斉明天皇、中大兄皇子[*26]（天智天皇）、大海人皇子[*27]（天武天皇）と、この激動の時代を牽引《けんいん》した天皇たち。この天皇たちは同時に、万葉集の「夜明け」を彩った作者たちでもあります。初期万葉は皇室が担っていたのです。

そして、この時代最大の歌人も皇室にいました。宮廷に侍り、斉明・天智・天武の三人の天皇と親しく交渉をもち、呪力と力強さに満ちた十二首（長歌三、短歌九）の歌を作って人々を鼓舞し慰めた歌人、額田王《ぬかだのおおきみ》です。

額田王の名は、万葉集以外では、『日本書紀』天武二年二月条に「天皇、初め鏡王《かがみのおほきみ》の女《むすめ》額田姫王を娶《め》して、十市皇女《とをちのひめみこ》を生《な》しませり」とあるのが唯一の例です。そのため、采女《うねめ》説や男性説（「王」という呼称から）などがありました。今は、王（姫王）は女王で、系統は不明ながら皇族の一人だろうと言われています。幼いころ宮廷に入り、大海人皇子と結ばれて十市皇女を生み、その後も皇極太上天皇（斉明天皇）に近侍したようです。

万葉集に見える額田王の最初の歌は、大化四年（六四八）作と伝えられる、この歌。

秋の野のみ草刈り葺《ふ》き宿れりし宇治の宮処《みやこ》の仮廬《かりいほ》し思ほゆ（巻一・七）

（秋の野の草を刈り取って屋根を葺き、旅の宿とした宇治の宮、その宮の仮の庵が思われる）

かつて旅宿りした宇治の宮どころの仮の庵《いおり》を思い出しているのは、だれか。題詞によれば額田王ですが、左注に引く『類聚歌林《るいじゅうかりん》』*28の記述の解釈しだいでは、皇極太上天皇とも考えられます。天皇（太上天皇）を中心とする儀礼の場で、天皇になりかわって公的な歌を作るという、額田王の歌作りの性格が早くもあらわれてきているようです。

そんな「天皇の代作者」としての額田王の特質が、もっとも発揮された最高の作品は、やはり次の一首でしょう。

■斉明天皇の西征

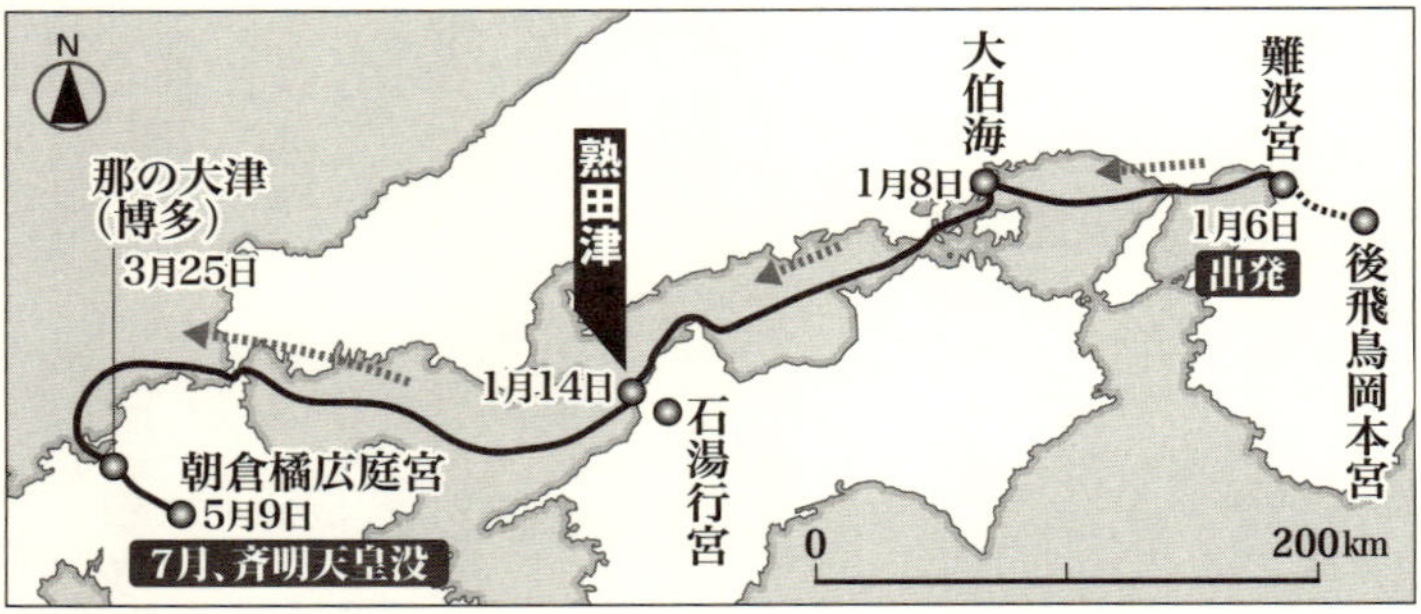

熟田津《にきたづ》に船乗《ふなの》りせむと月待てば潮《しほ》もかなひぬ今はこぎ出でな

（巻一・八）

（熟田津で、出航しようと月の出を待っていると、月も潮も、絶好の状態となった。さあ、今こそ、漕ぎだそう）

斉明七年（六六一）一月六日、数え年六十八歳の斉明女帝（皇極天皇が重祚《ちょうそ》）の率いる大船団は難波を出航、十四日、伊予熟田津（愛媛県松山市付近の港）の石湯《いわゆ》（道後温泉）の行宮《あんぐう》に到着します。その前年、朝鮮半島では唐の支援を受けた新羅が百済を攻めます。百済は日本に援軍を求めてきます。深い関わりをもってきた百済の再興を支援し、朝鮮半島への足掛かりを守るため、斉明女帝は遠征に踏み切り、瀬戸内海を西航してきたのです。そして、熟田津から筑紫の那《な》の大津《おおつ》（博多）に向けてふたたび船出する際に額田王が作ったのが、この歌でした。

この歌、事実をうたった歌ではありません。そうあってほしい現実をうたった歌です。あらまほしき状態を短歌で表現すると、短歌にこめられた〈言霊〉の力によって、現実を引き寄せることができる。短歌の呪力――神の意志と人間の言葉、自然と人事、言葉と事実、幻想と現実、本来なら相容れない両者が短歌形式のなかで融合し、増幅されて充実しきった力――によって、〈言〉が〈事〉を引き寄せるのです。

熟田津にひしめく大船団の兵士たちが固唾《かたず》をのんで見守るなか、「潮もかなひぬ」と高らかに宣言し、歌にこもる言霊の力で現実を引き寄せ、兵士たちを奮い立たせたのは、言うまでもなく斉明女帝その人だったでしょう。題詞に「額田王の歌」とあり、左注に「天皇（斉明天皇）の御製」とあるのは、女帝が作歌を命じ、額田王が女帝になりかわって作った事情を明らかにしています。代作者・額田王の栄光です。

鎮魂の物語へ――有間皇子

万葉集巻二は、三大部立の一つ「挽歌」が初出する巻です。その冒頭、つまり万葉集最初の挽歌に選ばれたのが、有間皇子《ありまのみこ》の自傷歌二首とその死を追悼した四首です。

有間皇子は孝徳天皇[*29]の遺児。孝徳天皇の没後に重祚して帝位についた斉明女帝は伯母（孝徳天皇の姉）、女帝の子・中大兄皇子は従兄にあたります。有力な皇位継承者の一人であるだけに、常に中大兄皇子の猜疑《さいぎ》の目にさらされていたと思われます。斉明四年（六五八）十一月、女帝と中大兄が紀温湯《きのいでゆ》（牟婁温湯《むろのいでゆ》）に滞在中、都で謀反《むほん》を企てたとして捕らえられます。そして紀温湯に連行され、中大兄の尋問を受けた帰路、紀州・藤白坂《ふじしろさか》で絞首されました。歳十九。

自傷歌二首は、紀温湯に連行される途次、紀温湯を遠く望む岩代で詠んだものです。

　有間皇子、みづから傷みて松が枝を結ぶ歌二首

磐白《いはしろ》の浜松が枝《え》を引き結びまさきくあらばまたかへり見む　（巻二・一四一）

（岩代の浜松の枝を引き結んでゆく。幸いにもし無事だったら、また立ちかえってこれを見よう）

家にあれば笥《け》に盛《も》る飯《いひ》を草まくら旅にしあれば椎《しひ》の葉に盛《も》る　（同・一四二）

（家にいればしかるべき食器に盛る飯を、〔草枕〕旅先にあるので、椎の葉に盛っている）

皇子が非命に倒れた斉明四年（六五八）は、孝徳天皇の死（六五四年）によって朝廷の

舒明天皇を中心とした略系図

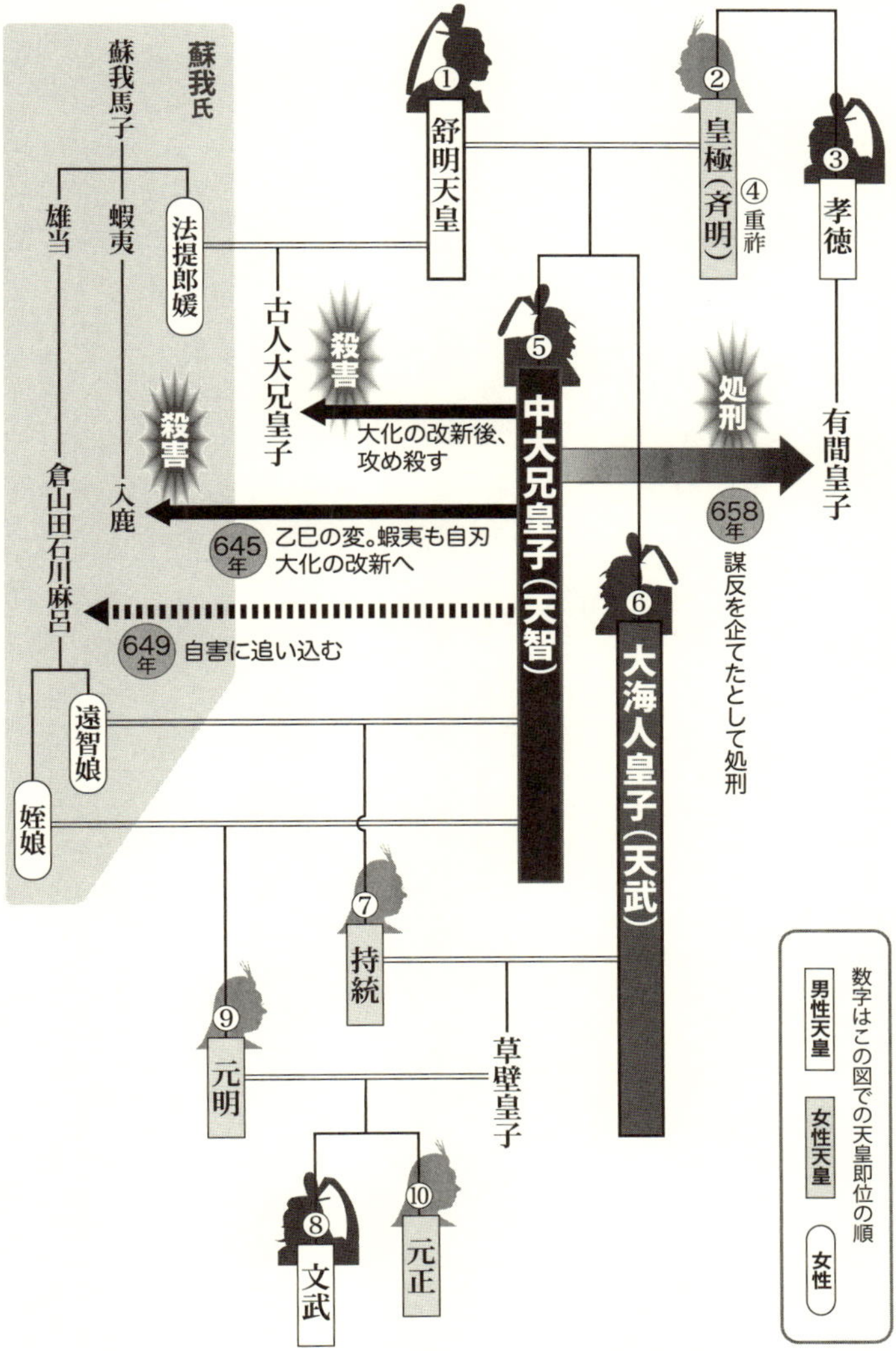

主導権をふたたび手にした斉明女帝・中大兄皇子の母子コンビが、より強力な中央集権をめざして、内外の引き締めに腐心していた時期です。そんなとき、斉明女帝・中大兄にとって有力な皇子が邪魔でないはずはない。中大兄の政治の非情さには定評がありました。大化の改新後には兄の古人《ふるひと》大兄皇子を攻め殺し、義父の右大臣・蘇我《そが》倉山田石川麻呂も自害に追い込んでいるのです。若い有間皇子を葬り去ることなど造作もないことで、あっさりと有間皇子は殺されました。皇子には実際に兵を挙げる気もあったらしい（日本書紀）ので、敗れたというべきかもしれません。

しかし有間皇子が、それまでの歴史上の敗者たちとちがうのは、忘れ去られることがなかったことです。むしろ逆で、哀切な自傷歌が皇子の魂の高貴さをきわだたせ、枝を結んだ松が悲劇にかたちを与えることで、有間皇子と岩代はセットになって物語化され、そのことでいっそう人々をひきつけることになったのです。

有間皇子の死から四十年以上もたった大宝元年（七〇一）、文武《もんむ》天皇*30の紀伊行幸の折に詠まれたと考えられる二首を引きましょう。

磐白の野中に立てる結び松情《こころ》も解けずいにしへ思ほゆ　（巻二・一四四）長意吉麻呂
（岩代の野中に立つ結び松。その結びがほどけないので、松は古のことが忘れられない）

後見《のち》むと君が結べる磐白《いはしろ》の小松《こまつ》が末《うれ》をまた見けむかも

（同・一四六）柿本人麻呂歌集

（のちに見ようと、君が結んだ岩代の松の梢を、また見るだろうか）

作者たちは、有間皇子の物語を歌で引き継いでいこうとしています。その際、彼らは、〈松の心〉に心をひそめます。結ばれた松は、無事に立ち戻ったその人によって解かれなければなりません。結ばれたままでは、約束の手前、松だって心ほどけないのです。「松」は「待つ」に通じます。松の心をうたうことで、いまもまだ待たれている皇子の魂をなぐさめることになる――これが鎮魂の物語であり、悲劇の文学化ということでしょう。

御命は長く天足らしたり――天智天皇挽歌

有間皇子挽歌の時代の日本、言い換えれば万葉集の時代が第一期から第二期へと移り変わってゆく時代は、人間の死に対するイメージが変化する曲がり角の時期でした。それまで支持されてきた死に対する古代信仰が色あせて、仏教を基礎に据えた新しい死のイメージが作られる時代でした。

たとえば、巨大な前方後円墳に象徴される古墳時代を支えたのは、生の世界と死の世界がつづいているとのイメージ、あるいはヨミガエリを視野に入れた死生観です。華美・豪華な副葬品を古墳に納めたのは、ヨミガエリを願うなり、生の世界の富や権力を死の世界に持ち越せるなりのイメージがあったからです。仏教の死生観はちがいます。人はだれも一回限りの生を生き、死ぬ。生の世界と死の世界は断絶している。ヨミガエリはない。

こうして、ヨミガエリの断念が火葬という新しい制度を支えることになります。その象徴的出来事は、大宝二年（七〇二）に没した持統太上天皇[31]が天皇として初めて火葬されたという事実でしょう。持統天皇こそは、壬申の乱の勝利、律令制の進展、藤原京の建設と遷都といった、目に見える物についてのみならず、死生観においても、壬申の乱後の万葉第二期を体現していた人でした。

では本章の最後に、その持統天皇の父であり、大化の改新の立役者であり、近江朝の創始者であり、万葉第一期を代表する秀歌「渡津海《わたつみ》の豊旗雲に入日さし今夜《こよひ》の月夜《つくよ》清明《あきらけ》くこそ」（巻一・一五）の作者でもある天智天皇の崩御前後に奉られた歌を見ましょう。天皇が危篤のときに大后倭姫王《おおきさきやまとひめのおおきみ》が奉った二首と、大殯《おおあらき》[32]の時に額田王が作った歌。いずれも、霊力に満ちた天智天皇に奉られた歌らしく、呪的で、〈言霊〉がこもった、まさに万葉第一期の挽歌です。

天《あま》の原ふりさけ見れば大君の御命《みいのち》は長く天足《あまた》らしたり　（巻二・一四七）大后倭姫王

（広大な天空をふり仰ぐと、大君の御命は、永遠に、天空に充満してあられます）

青旗《あをはた》の木旗《こはた》の上を通《かよ》ふとは目には見れども直《ただ》にあはぬかも　（同・一四八）同

（木幡の山の上を、大君の御魂が行き来しておられるのが目に見えるが、わが君に、直接お目にかかることはできない）

かからむの懐《こころ》知りせば大御船はてし泊《とまり》に標結《しめゆ》はましを　（同・一五一）額田王

（このようにあの世に出発なさろうとするお心を前もって知っていたなら、大君の御船が泊っていた港に標縄を張って、出発をお止めするのだったのに）

＊1　長歌・短歌
長歌は、五七を二回以上繰り返し、最後を五七七として終わる歌の形式。短歌は、五七五七七を基本とする歌の形式。一般に五七五を「上の句」、七七を「下の句」というが、万葉集では五七・五七・七と二句・四句切れの歌が多い。

＊2　雄略天皇
「治天下大王」との君主号を名のり始めた五世紀後半、古墳時代の天皇。皇統譜では第二十一代とされる。

＊3　伝承歌
農村・漁村など共同体内で作られ、口伝えによって伝えられた民謡や歌謡。歌の場の性質により、踊り歌・祭り歌・遊び歌・労働歌・酒盛り歌などさまざまなものがある。

＊4　舒明天皇
?〜六四一。第三十四代天皇。皇后は皇極（斉明）天皇。天智・天武天皇の父。

＊5　仁徳天皇
五世紀前半の天皇。第十六代。父は応神天皇。子に履中・反正・允恭の三天皇。

＊6　允恭天皇
五世紀中頃の天皇。第十九代。父・仁徳天皇、母・磐姫皇后。子に安康・雄略の二天皇、また木梨軽皇子・軽太郎女。

＊7　推古天皇
五五四〜六二八。第三十三代、最初の女帝。聖徳太子を皇太子・摂政とし、冠位十二階・憲法十七条を制定させた。

＊8　中大兄皇子
六二六?〜六七一。舒明・皇極（斉明）天皇の子。天武天皇の同母兄。近江に遷都、即位して第三十八代天智天皇。

＊9　窪田空穂

一八七七～一九六七。明治から昭和期の歌人。『まひる野』など歌集全二十三冊。特に百四十一篇もの長歌を残す。万葉集全巻を個人で注釈した『万葉集評釈』もある。

＊10　肆宴

主として宮中で天皇が催す公的な酒宴。「とよのあかり」とも読む。とよ（豊）はほめ言葉、あかり（宴）は酒を飲んで顔が赤らむこと（豊年の予兆）から出た言葉。

＊11　大伴家持

七一八～七八五。万葉集第四期を代表する歌人。第4章で詳述。

＊12　題詞と左注

題詞は、歌の前に置き、歌の作られた場所や成立事情、主題などを記した文。古今集以降の和文で書かれたものを「詞書《ことばがき》」というのに対し、漢文で記された万葉集のものを題詞という。左注は、歌の後に漢文でつけた注。成立事情や異伝、作者に関することなどを記す。最初からつけられる場合もあるが、編者や後人が書き入れる場合もある。

＊13　橘諸兄

六八四～七五七。皇族の葛城王から臣籍に下り橘氏。左大臣に進むが、台頭してきた藤原仲麻呂の圧迫で官を辞す。

＊14　元正太上天皇

六八〇～七四八。草壁皇子・元明天皇の皇女。第四十四代天皇。聖武天皇に譲位して太上天皇。

＊15　柿本人麻呂

生没年未詳。持統・文武朝の宮廷歌人。第2章で詳述。

＊16　穂積親王
?〜七一五。天武天皇の第五皇子。晩年、若き日の大伴坂上郎女を娶る。

＊17　但馬皇女
?〜七〇八。天武天皇の皇女。異母兄の高市皇子と同棲していた皇女が、同じ異母兄の穂積親王と恋に落ちた折の歌（巻二・一一四〜一一六）が有名。

＊18　長意吉麻呂
生没年未詳。持統太上天皇の行幸従駕歌がある。掲出歌を含む一連（巻十六）は物名を入れこんで詠んだ即興歌。

＊19　舎人親王
六七六?〜七三五。天武天皇の第三皇子。淳仁天皇の父。

＊20　仙覚
一二〇三〜?　鎌倉中期の僧・万葉学者。諸本を校合・校訂し、それまで訓のなかった百五十余首に訓点（新点）をつけた。著書『万葉集註釈（仙覚抄とも）』。

＊21　契沖
一六四〇〜一七〇一。江戸期の僧・国学者。水戸藩主徳川光圀の委嘱により、厳密な考証に基く注釈書『万葉代匠記』を著した。

＊22　旋頭歌
五七七五七七を基本とする歌の形式。万葉集に初出。古事記歌謡の片歌（五七七）に由来し、はじめ上三句・下三句を二人で唱和する集団性の強い歌だったが、やがて一人でうたうようになったらしい。

＊23　仏足石歌
五七五七七七、つまり短歌の末尾に七音を足し

た歌体。奈良薬師寺に伝える仏足石（仏の足形を彫った石）に刻まれた二十一首の歌に由来する。万葉集には一首のみ。

＊24　賀茂真淵

一六九七～一七六九。江戸期の国学者。外来思想を排し、日本古代の精神に戻ることを主張。万葉歌の本質を「ますらをぶり」と評した。著書『万葉考』『歌意考』など。

＊25　山上憶良

六六〇～七三三。万葉集第三期の歌人。第3章で詳述。

＊26　斉明天皇

五九四～六六一。天智・天武天皇の母。夫・舒明天皇の没後即位し、第三十五代皇極天皇。孝徳天皇後に重祚して第三十七代斉明天皇。

＊27　大海人皇子

？～六八六。舒明・皇極（斉明）天皇の子。天智天皇の同母弟。壬申の乱の勝利後、即位して第四十代天武天皇。

＊28　『類聚歌林』

山上憶良が編纂した歌集。万葉集編纂の際、資料となった。原本は伝わらないが、書名から、歌を分類したものであることがわかる。万葉集巻一・二・九に見える。

＊29　孝徳天皇

？～六五四。皇極天皇の弟。大化の改新のクーデター後に即位し、第三十六代天皇。難波長柄《ながら》豊碕宮《とよさきのみや》（大阪市）に遷都、その地で没した。

＊30　文武天皇

六八三～七〇七。草壁皇子・元明天皇の子。祖母持統天皇の譲位により即位して第四十二代天皇。

＊31　持統太上天皇

六四五〜七〇二。天智天皇の皇女、天武天皇の皇后。天武帝没後に即位、第四十一代天皇。孫の文武天皇に譲位して太上天皇。

＊32　大殯

崩じた天皇に対する殯が大殯。殯は新城で、墓に葬るまでの間、新城に遺骸を安置し、死者復活を願って行う祭式のこと。

第2章——プロフェッショナルの登場

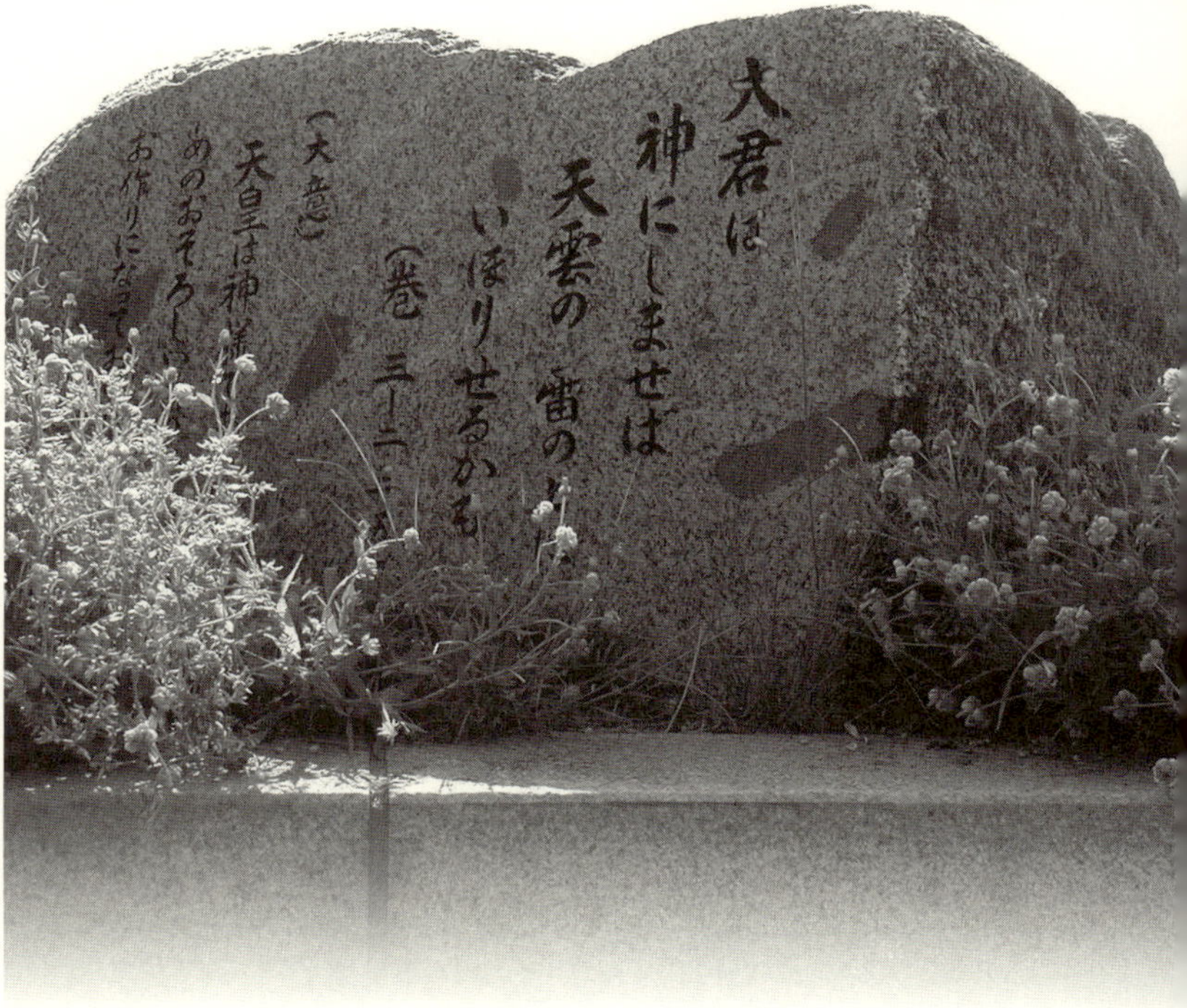
大君は
神にしませば
天雲の
いほりせるかも
(大意)

蒲生野の宴

万葉集第一期も末の天智七年（六六八）に作られた、だれもが知っている有名な一組の贈答歌があります。

あかねさす紫野行き標野《しめの》行き野守《のもり》は見ずや君が袖《そで》振る　（巻一・二〇）

（〔あかねさす〕標をした紫草の栽培園を行き来して、あなたが袖を振る。野守が見ているではありませんか）

むらさきのにほへる妹を憎《にく》くあらば人づまゆゑに吾恋《われこ》ひめやも　（同・二一）

（〔むらさきの〕かがやくあなたを愛していなかったら、人妻と知りながら、恋したりしようか）

「天皇、蒲生野《かまふ》に遊猟《みかり》しましし時」に詠まれた贈答歌で、前者の作者はもちろん、「君」によびかけるあでやかな額田王、「にほへる妹」に力強く答える後者の作者は大海人皇子です。

ここでいう天皇は天智天皇。中大兄皇子が長い称制[*1]を経て、近江遷都を機に六六八年一月、正式に即位したのです。それから間もない五月五日、天智天皇は近江蒲生野《がもうの》で薬狩《くすりがり》を催します。薬草採集にかこつけた宮廷の行楽行事で、大皇弟（皇太子の大海人皇子）をはじめ、諸王、内臣・藤原鎌足[*2]、そして群臣がことごとく従うという盛大なものでした。

この贈答歌は、その薬狩を終えたあとに開かれた宴席で、天皇はじめ並み居る宮廷人を前に披露された即興の宴席歌で、作中の「君」や「妹」は、現実に愛し合っている恋人同士ではなく、宴席の歌の中で恋人同士を演じている「君」「妹」です。しかも、大海人皇子と額田王が、かつて（二十年も前に）実際に結ばれて十市皇女をもうけた間柄であることは、周知の事実。加えて、大海人皇子と別れた額田王の次の相手の中大兄皇子が、天智天皇となって今まさに宴席の中心にすわり、この贈答歌を楽しんで聞いているという状況があります。つまりこの歌は、現実なのか虚構なのか、どちらにでも読みうるすれすれの二重性をゆく歌になっている。そして、すれすれであればあるほど、宴席は盛り上がるという仕掛けです。そう思えば、この贈答歌が、恋の歌を集めた「相聞」ではなく、公的な場で披露された歌を集めた「雑歌」の部立に入っていることにも納得がゆきます。

それまでの通説を破って、この贈答歌を「宴席の座興」と見る新説を提出したのは、山本健吉・池田彌三郎『萬葉百歌』*3（一九六三年）でした。私がちょうど学部の卒業論文を書いているときで、そのときの新鮮な驚きをおぼえています。この説は、以後速やかに学界に受け入れられ、今ではこれが定説になっています。それ以前の通説とはどういうものだったか。江戸時代から昭和前期にいたるまでずっと、実際に交わされた実用の恋の歌とみて、「秘めたる恋」という文脈で読んできたのです。たとえば、大正時代に島木赤彦*4は、皇太子が袖をふる動作に額田王は「快感と感謝」を抱くが、「一方には、人に見知られるという危惧《きぐ》の情が動く」とした。つまり、（天智天皇や侍臣を指すことが明瞭な）「野守に見咎《みとが》められはせぬかと心配して、この歌を献《たてまつ》った」というのです（『万葉集の鑑賞及び其批評』一九二五年、のち講談社学術文庫・一九七八年）。

そうした「秘めたる恋」という文脈から、額田王をめぐる天智天皇・大海人皇子の確執を導き、兄弟の不和が天智天皇没後に勃発した「壬申の乱」の原因だったとする考え方も、かつてはそれなりに説得力をもっていたものでした。事実は、弟の大海人皇子を皇太子の地位につけていた天智天皇が、晩年、わが子の大友皇子に皇位を譲りたいと思うようになったことが、最大の原因。つまりは、皇位継承をめぐる叔父（大海人皇子）と甥（大友皇子）の争いだったのです。

天智7年（668）、「天皇、蒲生野に遊猟しましし時」の人間関係

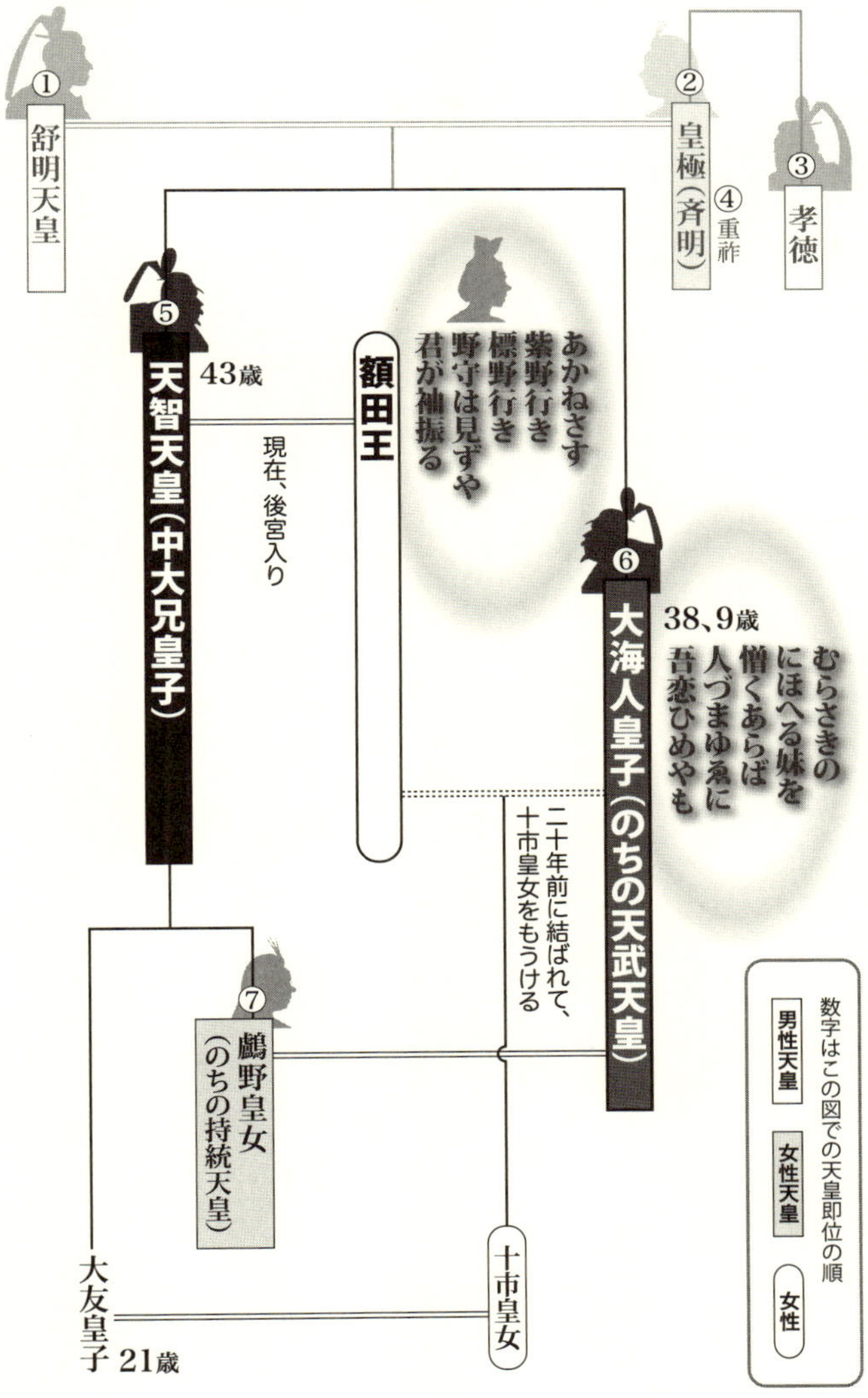

それにしても、何と入り組んだ人間関係であることか。大海人皇子妃の鸕野皇女《うののひめみこ》（のちの持統天皇）は天智天皇の娘で、大友皇子の異母姉。大友皇子妃の十市皇女は大海人皇子・額田王の娘なのです。そして、以上の人々のすべてが、新天皇のお披露目とも言うべき「蒲生野の宴」で一堂に会していた可能性は高いと思われます。わずか三年後の天皇の死も、その翌年の古代最大の内乱・壬申の乱も、そこにいるだれもがまだ知るよしもない。額田王と大海人皇子が演じる恋の座興を、きっと屈託なく楽しんでいたことでしょう。

万葉集第二期　大君は神にしませば

六七二年六月、前年末の天智天皇の臨終に際して大津宮を離れ、吉野[*5]に逃れていた大海人皇子が兵を挙げ、東国と飛鳥を掌握したのち、近江大津に攻め上りました。これに対し大友皇子が率いる近江朝廷方は、西国の動員に失敗するなど対応が後手に回り、一か月後、大津瀬田川の戦いに敗れて瓦解《がかい》。大友皇子が自害して、近江の都は灰燼《かいじん》に帰し、近江朝廷は滅亡します。壬申の乱です。

戦いに勝利した大海人皇子は同年九月、妃・鸕野皇女を伴って飛鳥に凱旋《がいせん》、新たに飛鳥浄御原宮《きよみはらのみや》[*6]を造営し、翌六七三年二月、ここで即位します。天武天皇です。

天武天皇は、新たに王朝を創始するにふさわしい偉大な天皇として、人々に畏敬されました。その理由は、第一に父母ともに天皇（父・舒明天皇、母・皇極＝斉明天皇）で、同じ父母をもつ天智天皇の皇太子でもあったという、貴種中の貴種であること。第二には、壬申の乱の際、わずかに三十人ほどで吉野を発ちながら、迅速な行動と的確な指導力でたちまち強大な軍事力を手にし、一か月という短期間に近江朝廷を滅ぼした英雄であること。第三には、自らの政権には一人の大臣もおかず、皇后・鸕野皇女を中心とする皇親（皇族）の補佐だけを受けながら、独裁的な権力をふるって、律令国家建設に突き進んだこと。

こうした認識を背景に、この時代に天皇の神格化が進んでゆくことになります。そして、それが歌で表現される。

大君は神にしませば赤駒のはらばふ田居《たゐ》を京師《みやこ》となしつ

（巻十九・四二六〇）大伴御行《みゆき》

（大君は神であられるので、赤駒が腹まで漬かるような田を、造成して、都を作り上げられた）

大君は神にしませば水鳥の多集《すだ》く水沼《みぬま》を皇都《みやこ》となしつ　（同・四二六一）作者不詳
（大君は神であられるので、水鳥がたくさん集まる沼地を、造成して、都を作り上げられた）

「壬申の年の乱の平定《しづま》りし以後《のち》の歌二首」と題された二首。題詞から、ここでうたわれている天皇は、まさに天武天皇であることがわかります。

この二首で興味深いのは、神であることをうたいあげるために、具体的な局面と具体的な能力をもってきていることです。つまり、大君は神なので人間では不可能なこんな事業をなさった、という文脈になっている。壬申の乱を勝ちぬいた天武政権は、権力と財力と組織力を掌握し、それによって都市建設に伴う大造成工事が可能になった。ソフト面を掌握することで、ハード面を一挙に進めることが可能になった。しかも、湿地を埋め立てる大規模な造成工事は、人間の王では不可能な事業であり、巨大な力をもつ現人神《あらひとがみ》によって初めて可能になるのだ、というわけです。

そのような現人神としての天皇像を、さらに力強く、かつ象徴的にうたったのが、柿本人麻呂の次の一首です。

天皇、雷岳《いかづちのをか》に御遊《いでま》しし時、柿本朝臣人麻呂の作れる歌一首

大君は神にしませば天雲《あまぐも》の雷《いかづち》の上《うへ》にいほらせるかも　（巻三・二三五）

（わが大君は神でいらっしゃるので、人間には不可能なことをなさる。雷の上に庵していらっしゃる）

題詞の天皇は、天武天皇・持統天皇・文武天皇のいずれかです。雷丘は、明日香村の甘樫丘《あまかしのおか》のすぐ北にある丘。ほっこりした、高さ二十メートルに満たない小丘です。天皇がたぶん国見をするためにその丘に登り、仮の庵を建てられた、というそれだけのことを、人麻呂は「雷の上に君臨なさった、人間にはできないことだ」というニュアンスへとずらし、雄大なスケールでうたいあげることで、神としての天皇を称えているのです。この歌が巻三「雑歌」の冒頭歌とされたのは、公的な儀式でよく披露される歌だったからではないかと思われます。

儀礼空間と天皇讃歌

持統六年（六九二）三月、持統天皇が伊勢国に行幸したときの歌五首が巻一にあります（四〇〜四四）。この行幸に従駕《じゅうが》せず都に留まった柿本人麻呂が詠んだ「嗚呼見《あみ》の浦

に船乗《ふなのり》すらむをとめらが玉裳《も》の裾《すそ》に潮満つらむか」（四〇）などの有名な歌を含む一連です。しかし、ここでは歌にはふれません。左注を見ていただきたいと思います。

右は、日本紀に曰く、朱鳥六年壬辰春三月丙寅朔戊辰、浄広肆広瀬王等を留守の官となしき。ここに中納言三輪朝臣高市麻呂、その冠位を脱ぎて朝に擎上《ささ》げ、重ねて諫めて曰《まを》さく、農作の前、車駕いまだ動きたまふべからずと申しき。辛未、天皇、諫に従ひまさずして遂に伊勢に幸しき。……

これは「日本紀」（日本書紀）の引用です。それによると、行幸にあたり留守官を定めたとき、中納言三輪朝臣高市麻呂が、頭に被っている冠を脱ぎ、それを天皇に捧げつつ、「農繁期にかかっているいま、行幸をなさるべきではありません」と諫言《かんげん》した。しかし三日後、持統天皇はその進言を無視して、ついに伊勢の国に行幸なさったというのです。

このとき高市麻呂が、農業のことにこだわり、冠を脱いで（職を賭《と》して）まで諫《いさ》めたのは、何より政治・経済を優先すべきだということを言いたかったのです。ところが、持統天皇はそうは考えなかった。天皇は、行幸を「文化」ととらえ、政治・経済ではなく、文化を選びとったのです。それは時代認識にかかわっています。

持統天皇の時代（六八六〜六九七年）は、大化の改新に始まる政治改革を推し進めた天智天皇と、独裁的親政により中央集権化に邁進《まいしん》した天武天皇の路線の延長上に、律令制度がそれなりに軌道に乗り始めた時代、政治・経済が比較的安定して、「時代の空気」というものが上向いた時代でした。そんな空気のなかから、文化がスケジュールにのぼってきた。あるいは、治世の方位として、持統天皇が文化を選びとった。それは、天武天皇の皇后として、のちに古事記・日本書紀として結実することになる歴史書の発想の現場に立ち会い、「日本」号・「天皇」号の成立に立ち会ってきた持統天皇にとっては、むしろ自然なことだったのかもしれません。土地土地を巡って人民の服属を確認するための政治的な行幸から、文化としての行幸への発想の転換。それに伴う儀礼の整備、あるいは儀礼の場としての行幸。そこで沸き起こるべき天皇讃歌、宮廷讃歌……。宮廷歌人としての柿本人麻呂が活躍する基盤は、こうして用意されるのです。

行幸先の儀礼空間における天皇讃歌の見事な例を見ましょう。持統天皇の吉野離宮行幸に供奉《ぐぶ》した柿本人麻呂が作った歌で、一般に「吉野讃歌」と呼ばれています。長短各一首からなる二組の歌群（全四首）の第二群を引用します。

吉野宮に幸しし時、柿本朝臣人麻呂の作れる歌

やすみしし　わが大君　神《かむ》ながら　神《かむ》さびせすと　芳野川　たぎつ河内《かふち》に　高殿を　高しりまして　のぼり立ち　国見を為《せ》せば　たたなはる　青垣山　山祇《やまつみ》の　奉《まつ》る御調《みつき》と　春べは　花かざし持ち　秋立てば　もみちかざせり一云、もみちばかざし　ゆき副《そ》ふ　川の神も　大御食《おほみけ》に　仕へまつると　上《かみ》つ瀬に　鵜《う》川を立ち　下《しも》つ瀬に　小網《さで》さし渡す　山川《かは》も　依《よ》りて奉《まつ》れる　神の御代《みよ》かも　（巻一・三八）

（安んじて支配をなさるわが大君が、神そのままに、いかにも神々しい様子で、吉野川が荒々しく流れているその川のほとりに、高々と御殿をおつくりになり、その高殿に登り立って国見をなさると、畳まるようにいく重にも立って、垣を成している山、その山の神が調《ちょう》として、春には花をかんざしとして頭につけ、秋はもみじをかざしかざしにして、天皇に忠誠をお誓いする。吉野山に沿って流れている吉野川は、天皇のお食事にお仕え申し上げるといって、上流では鵜飼をし、下流の浅瀬には網を差しわたす。山の神も、川の神もお仕えする、そういう神の時代なのだ）

反歌

山川《かは》もよりて奉《まつ》れる神《かむ》ながらたぎつ河内《かふち》に船出《ふなで》するかも　（同・三九）

（山の神も、川の神も、お仕えする神そのままに、天皇が激流に船出をなさろうとしている）

この行幸の時期は持統三年（六八九）～持統五年（六九一）に複数回ずつ訪れているうちのいずれかで、いつのときかはわからない、と左注にあります。無理もない、持統天皇は在位十一年の間に、三十一回も吉野に行幸しているのです。この歌は一度披露されてそれっきりという歌ではなく、吉野にゆくたびに、あるいは儀礼の場で恒例のように繰り返しうたわれた。そのうちに、制作年が忘れられてしまったのではないかと想像します。

持統天皇の吉野行幸は、単なる遊覧の旅ではありませんでした。吉野は、壬申の乱の直前に亡き天武天皇とともに籠り、そして乾坤一擲《けんこんいってき》、わずか三十人で兵を挙げた記念すべき場所。天武・持統朝のいわば原点です。ここへの行幸は原点を確認する、さらに言えば原点に立ち戻る、〈みそぎ〉の意味があったと見てよいでしょう。

したがって吉野では、必ずや、厳粛な儀式が行われ、そこで宮廷人や高官たちは王権を讃え、忠誠を誓い、結束の意志を確認し合ったはずです。そして、このような儀礼の場の充実・整備が、新しい文化の渦の中心になっていった。人麻呂の「吉野讃歌」は、そうした儀礼的な場なくしては生まれ得なかったでしょう。

廃墟の美の発見

万葉集の第二期は、壬申の乱（六七二年）から奈良遷都（七一〇年）まで。天武天皇から持統天皇・文武天皇を経て元明天皇*7の治世前期までの、約四十年間です。歌人としては持統天皇・大津皇子*8・大伯皇女《おおくのひめみこ》*9・志貴《しき》皇子*10などがすぐに思い浮かびますが、この時期を万葉歌の最盛期と見る人が多いのは、何といっても柿本人麻呂がいるからです。

第二期のみならず、万葉集最大の歌人とも言うべき人麻呂ですが、その生涯はまったく謎につつまれています。出自、経歴、生没年すべて未詳、人麻呂の名は万葉集にのみ登場するにすぎません。いくらかわかっているところを総合すると、天武朝（六七二～六八六年）には朝廷に出仕し、下級官人としての生活を送ったのち、奈良遷都（七一〇年）以前に没したらしい。歌の情報から作歌年代がはっきりとわかる上限は持統三年（六八九）の「日《ひ》並《なみしの》皇子《みこ》尊《のみこと》挽歌」（巻二・一六七～一六九）で、下限は文武四年（七〇〇）の「明日香《あすか》皇女《のひめみこ》挽歌」（巻二・一九六～一九八）なので、持統朝から文武朝にかけて活躍したことは確かです。なお最近では、人麻呂は古事記・日本書紀の編纂に関わっていたのではないか、とする見方もあります。

謎につつまれた人、人麻呂は、しかし質量ともに圧倒的な歌を残しました。すなわち、九十首に近い長・短歌があります（人麻呂作歌。異伝歌などの数え方で、数は異なってきます）。また、これとは別に三百七十首近い歌を収めた「柿本人麻呂歌集」[*11]もあり、その何割かは人麻呂自身の作であろうと考えられています。

人麻呂作歌は、「宮廷讃歌」「皇子への献歌」「皇子・皇女の殯宮《ひんきゅう》挽歌」などから、「羇旅《きりょ》歌」「相聞歌」「行路死人歌」にいたるまで、非常に多岐にわたります。しかも、それらの歌が創意に満ちている。そのことから、抜群の言葉と歌の才をもって宮廷に仕え、宮廷社会が必要とする歌や宮廷人が望む歌を創作したプロフェッショナルな歌人、すなわち「宮廷歌人」とも呼ぶべき人だったろうと考えられています。

では、人麻呂の豊穣な歌の世界の一端にふれてみましょう。まず、人麻呂が万葉集に初めて登場する歌、「近江の荒れたる都を過ぎし時、柿本朝臣人麻呂の作れる歌」（通称「近江荒都歌《おうみこうとのうた》」）。長歌の後半と二首の反歌です。これは、壬申の乱（六七二年）から十数年もたった持統朝の初期のころ、都であったのはわずか五年間、壬申の乱で灰燼に帰し廃墟となった近江大津宮を訪れた際に作った歌です。

……ささなみの　大津の宮に　天《あめ》の下　知らしめしけむ　天皇《すめろき》の　神の尊《みこと》の　大宮

はここと聞けども　大殿は　ここと言《い》へども　春草の　茂く生ひたる　かすみたつ　春日《はるひ》の霧《き》れる　ももしきの　大宮処《どころ》　見れば悲しも　（巻一・二九）

（……楽浪地方の大津の宮で天下を治められた天皇の宮殿は、ここだというけれど、御殿はここというけれど、春草の生い茂っている、霞がたって春の日ざしもおぼろに見える、荒涼としたこの宮殿の廃墟を見るとなんとも悲しいことだ）

ささなみの志賀《しが》の辛崎《からさき》幸《さき》くあれど大宮人の船待ちかねつ　（同・三〇）

（楽浪の志賀の唐崎は近江京が栄えていた時代そのままにあるが、大宮人の舟は、いくら待っても、もうやって来ることはない）

楽浪《ささなみ》の志賀の大わだ淀《よど》むとも昔の人にまたもあはめやも　（同・三一）

（楽浪の志賀の入江、この入江が昔のままに水をたたえていても、かつてこの地で船遊びをした大宮人にふたたびめぐり逢えるだろうか。逢えはしない）

一読しておわかりのように、琵琶湖の自然を背景に、打ちすてられて廃墟と化したかつての都を悲しんだ歌。日本詩歌史上で最初に廃墟を、あるいは廃墟を通しての懐古の美学を、作品化した歌です。人麻呂は、芭蕉の「夏草や兵《つはもの》どもが夢の跡」や滝廉太郎の歌曲「荒城の月」（詩・土井晩翠）などに見られる無常をうたう歌、廃墟を感傷する日本人好みの美学、の発見者だったわけです。

近江荒都歌と同じときの作と考えられている二首もあげておきましょう。

淡海《あふみ》の海《み》夕波千鳥汝《な》が鳴けば心もしのにいにしへ思ほゆ　（巻三・二六六）

（おお、淡海の海。夕波千鳥よ。お前が鳴くと心しなえて古が思われるよ）

もののふの八十宇治河《やそうぢがは》の網代木《あじろぎ》にいさよふ波の行方《ゆくへ》知らずも　（同・二六四）

（宇治川の網代木にとどこおるかに見える波、この波はとどまることなくどこへともなく流れてゆく）

第一首。歌そのものも美しいけれども、「夕波千鳥」が格別に美しい。夕べの光さす琵琶湖、岸辺にいる千鳥、その向こうに寄せては返す夕波。そんな光景を一語でぴたりと表した人麻呂の造語です。浴衣の絵柄にも使われるなど、日本人の生活のなかに定着した感がありますが、その情緒を発見し、言葉として定着させたのは、人麻呂なのです。枕詞《まくらことば》のいくつかは人麻呂が作ったと考えられています。

第二首。題詞によれば、人麻呂が近江から都にもどる途次、宇治川のほとりで作った歌のようです。第一首とは対照的に、情緒や感傷を拒否しているように見えます。もっとも、仏教的無常観をうたった歌と解する見方もありますが、人麻呂にしてみれば、流れる水をただ水として見ている。〈いま・ここ〉を流れゆく水、そのあるがままの無常をうたった歌と私は解したい。現代短歌の感覚に近いものを感じさせる歌です。

虚構と推敲

柿本人麻呂の歌をつづけましょう。次に見るのは、「軽皇子《かるのみこ》の安騎野《あきのの》に宿りましし時、柿本朝臣人麻呂の作れる歌」。おそらく持統六年(六九二)の冬、軽皇子(のちの文武天皇。この年十歳)が安騎の野(奈良県宇陀市)で遊猟し、当地に泊まったとき、これに供奉した人麻呂が作った歌です。長歌一首と短歌四首の作品ですが、ここでは短歌のみを引用します。内容は、軽皇子が亡父・日並皇子(草壁皇子《くさかべのみこ》)*12 もかつて猟にやってきた安騎の野に宿り、追懐し、父と同様の朝を迎えることで父と一体化を果たすまでを、一篇の物語のように仕上げた、連作と言ってよいでしょう。「東《ひむかし》の野《の》にかきろひの」の歌は、連作中では起承転結の「転」の役を果たしています。

阿騎《あき》の野に宿る旅人うちなびき寐《い》も宿らめやもいにしへおもふに　（巻一・四六）
（安騎の野に野宿する旅人たちは、くつろいで眠ることなどできようか。昔のことが思われて）

真草《まくさ》刈る荒野《あらの》にはあれどもみち葉の過ぎにし君が形見《かたみ》とぞ来《こ》し　（同・四七）
（この安騎野は荒野であるが、我らは亡き日並皇子の形見の地としてやって来たのだ）

東の野にかきろひの立つ見えてかへりみすれば月西渡《かたぶ》きぬ　（同・四八）
（東の地平に曙光が見えそめ、ふり返ってみると、月は西空に傾いている）

日並《ひなみし》の皇子《みこ》の尊《みこと》の馬並《な》めて御猟《みかり》立たしし時は来向《きむか》ふ　（同・四九）
（日並皇子が馬を連ねて、かつて狩に出発された時が、今まさに到来した）

次は、同じく持統朝に作られた「柿本朝臣人麻呂、石見国《いはみのくに》より妻に別れて上り来りし時の歌」です。長歌三首、短歌六首、妻が答えた短歌一首の計十首（巻二・一三一～一四〇）という大作で、一般に「石見相聞歌」と呼ばれています。特にその最初の長歌一首・反歌二首は、ゆったりと始まり、しだいに高揚してゆく巧みな構成、力強い措辞で、人麻呂の傑作の一つとされています。長歌の後半と反歌を見ましょう。

……波のむた　かよりかくより　玉藻なす　依《よ》り宿《ね》し妹を　露霜《つゆじも》の　置きてし来《く》れば　この道の　八十隈《やそくま》ごとに　万《よろづ》たび　かへりみすれど　いや遠《とほ》に　里は放《さか》りぬ　いや高に　山も越え来《き》ぬ　夏草の　思ひしなえて　しのふらむ　妹が門《かど》見むなびけこの山　（巻二・一三一）

（……波のまにまに靡《なび》く海中の藻のように、しなやかにわれに寄り添って共寝した妻を、露や霜の置くように、あとに置いて来たので、行く道の曲がり角ごとに、幾度も幾度も振り返って見るけれど、ますます妻の里は遠ざかってしまった。いよいよ高く山も越えてきた。日ざしにしおれる夏草のようにしょんぼりして私を偲《しの》んでいるだろう妻よ。その妻の家の門を見よう。靡け、この山よ）

石見のや高角山《たかつの》の木《こ》の間《ま》よりわが振る袖《そで》を妹見つらむか　（同・一三二）

（石見の、高角山の木の間から私が振っている袖を、妻は見てくれただろうか）

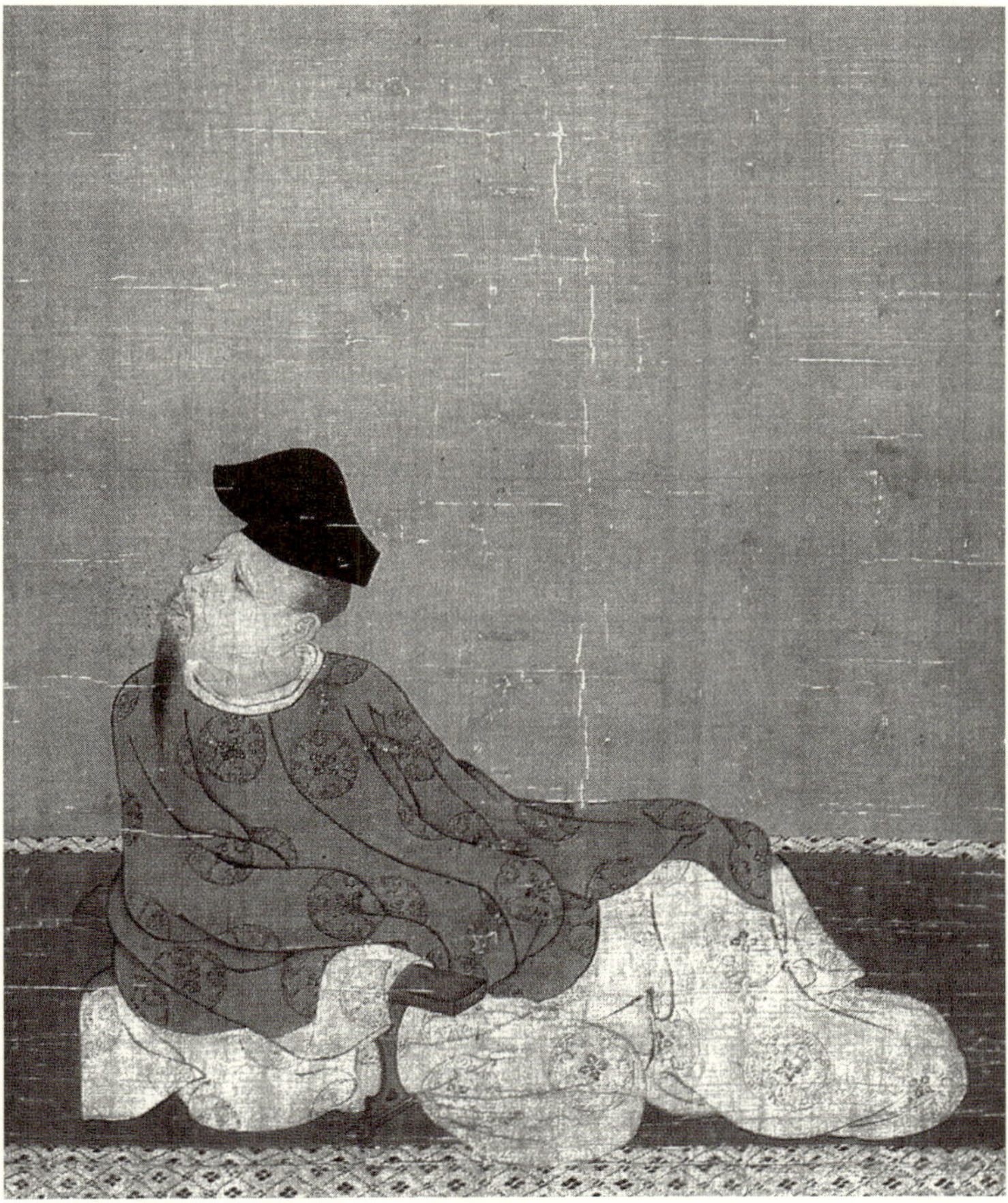

柿本人麻呂像。平安時代後期から人麻呂は「歌聖」として尊崇され、歌会でその肖像を飾って和歌の上達を願う習わしが続いた(京都国立博物館蔵)

ささの葉はみ山もさやに乱《さや》げども吾は妹おもふ別れ来ぬれば　（同・一三三）

（笹の葉は山全体をゆらすようにさやさやとそよいでいるけれど、我はただ、一心に彼女のことだけを思う。別れてきてしまったので）

この歌、かつては、官人として石見国（島根県西部。うたわれているのは江津《ごうつ》市付近とされる）に滞在した人麻呂が、いわゆる「現地妻」と別れて都に上ってきたときの、後ろ髪をひかれる思いをうたった、プライベートな体験をうたった歌だとされていました。ところが近年では、「虚構」として創作された物語であるとも考えるようになっています。

それは、こういうことです。持統天皇の後宮には、かなりの教養や文化的好奇心をそなえた女官たちがいた。彼女たちは（のちの平安朝で、一条天皇の後宮の女性たちが『源氏物語』を楽しんだように）心引かれる物語を宮廷詩人の人麻呂にリクエストした。リクエストに応えて人麻呂は、おそらく女官たちのだれもが知らない石見という辺境の地を舞台に、男と女の哀切な別れの物語歌を創作して、彼女たちの感涙《かんるい》を絞ったのだ、と。

石見相聞歌は女官たちに大好評で、おそらくは後宮内でくり返し披露されたと思われます。それを物語るのは、本文中に「一云（一に云ふ）」として小さな字で書きこまれた異文の割注《わりちゅう》があるからです。たとえば、「潟《かた》なしと 一云、磯なしと」という具合。これは、初案は「磯なしと」だったけれども、何度目かの発表時に、「潟なしと」のほうがよかろうということで変更した、そして歌を完成させる際に、初案と完成形の両方を記録した、と考えられるのです。これを盛大にやっているのは儀式歌や殯宮歌などの公的な歌で、そんな例から見ても、これらの歌がくり返し披露されたと見ていいと思います。

要するに、人麻呂という歌人は、歌を文字で書いて作り、それを推敲《すいこう》し、どちらの形も保管しておくという、作家意識をもった歌人だったのです。こうした注記のようなことをしているのは、他には山上憶良と大伴家持くらいしかいません。三人に共通するのは強い作家意識の持ち主ということでしょう。

旅の諸相、そして死

柿本人麻呂は、宮廷歌人として持統天皇の吉野や伊勢への行幸に従駕しましたが、それ以外にも、下級官人としての公務でしょう、地方へ下向することがありました。石見にはもちろん何かと関係が深いし、讃岐の歌も筑紫に向かう際の歌もあります。それらも含めて、瀬戸内海を往来する船中で詠んだ歌が多いようです。やはり海の上にでると開放的な気持ちになるのか、それらには公的な歌にはみられないような、のびやかな気分があります。人麻呂に、発表を前提としない歌があるとすれば、旅の歌かもしれません。

「柿本朝臣人麻呂の羇旅《たび》の歌八首」から、三首を見ておきましょう。

玉藻刈る敏馬《みぬめ》を過ぎて夏草の野島が崎に船近づきぬ　（巻三・二五〇）

（美しい藻を刈る敏馬を通り過ぎて、夏草の茂る野島の崎に船は近づいた）

淡路の野島が崎の浜風に妹が結びし紐《ひも》吹きかへす　（同・二五一）

（淡路島の野島が崎の浜を吹く風に、都を出る時妻がむすんでくれた服の紐がひるがえる）

天《あま》ざかる夷《ひな》の長道《ながぢ》ゆ恋ひ来《く》れば明石の門より大和島見ゆ　（同・二五五）

（〔天ざかる〕遠い鄙からの遠い海路を、故郷恋いつつ上ってくると、明石海峡から大和の地が見えてきた）

律令制の時代になって、一方では道路や駅が整備され、一方では中央と地方行政機関との間の連絡のために役人が頻繁に行き交うようになって、旅は前代に比べて飛躍的に安全になりました。しかし、旅にまつわる信仰や旅の歌の伝統が一挙に変わることはありませんでした。

古代信仰では、土地の「境(サカ)」では、袋に入れて携帯している「幣《ぬさ》(自分の体の代用品)」を撒きました。幣をサカの神に差し出すことで、無事安全の保証をとりつけたのだと思われます。

旅の歌の伝統というか原則は、第一に、「その土地の名を入れた歌を作る」こと。地名とは、その土地の神(国つ神)の名前にほかならないので、地名を入れた歌を作って土地を賛美(土地ぼめ)することで神を讃え、その土地を無事に通過する許可をいただくわけです。第二には、「故郷や妻、家をうたう」こと。そうすることで、故郷と魂の次元で連絡がつく、つながるのです。そのつながりが、安全を保証するわけです。

そのような原則を確認したうえで、もう一度、人麻呂の旅の歌をご覧ください。敏馬、淡路、明石と三首とも地名がうたいこまれています。第二首では故郷の妻がうたわれています。第三首では、瀬戸内海の境に立って、故郷への恋しさをうたうことで、国つ神への挨拶を行っています。人麻呂が、旅の歌の原則を忠実に守っていることがおわかりでしょう。

次に、万葉集第二期の、もう一人の旅人の歌を見ましょう。

旅にして物恋《こほ》しきに山下《した》の赤《あけ》のそほ船《ぶね》沖にこぐ見ゆ　（巻三・二七〇）

（旅にあってなんとなく心恋しく思われる時に、山の下に停泊していた朱塗りの船が沖へ漕いでゆくのが見える）

四極山《しはつやま》うち越え見れば笠縫《かさぬひ》の島こぎかくる棚《たな》無し小舟《をぶね》　（同・二七二）

（四極山を越えて見ると、今ちょうど、笠縫の島を漕いで隠れようとしている船棚もない小舟よ）

とく来ても見てましものを山城の高の槻群《つきむら》ちりにけるかも　（同・二七七）

（もっと早くきて見ておけばよかったものを。山背の多賀の欅林は、紅葉が終わって散ってしまった）

「高市連黒人《たけちのむらじくろひと》の羇旅の歌八首」から三首を引きました。どこかで何かがわだかまっているような、何かがすれちがっているような感じがします。この印象は、そこにやってきたときには、「赤のそほ船」ももう去って行ってしまっていた、「棚無し小舟」も「欅《けやき》の木の葉」はもう散ってしまっていた、という作者のおかれた状況から、そして、作者の目が常に、去ってゆくものの後姿に注がれているというまなざしの方位からやってきています。

黒人はいつも来るのが遅すぎるのです。だから、もう少し早くくれば起きたはずのドラマも出会いもない。黒人はむしろ意識して出会いを避け、ドラマから身をそらしているように見えます。一方、人麻呂の歌には出会いを求める姿勢がある。だからドラマがあります。人麻呂の歌に見られる劇的な緊迫感は、彼の出会いを重視する心情的な構え、ドラマを詩の核心に据えようとする意図によるものなのです。

もちろん、出会いやドラマがなければならないこともないし、去ってゆくものだけを見つめていてはいけないわけでもない。これは資質のちがいというべきでしょう。実際黒人の、やや不安げではあるけれども、繊細で透明な旅の歌を好む人も多いのです。そここそが歌の世界の幅広さかもしれません。高市黒人、生没年不詳、持統天皇の行幸に従駕したことがあることだけがわかっています。人麻呂とは同時代の下級官人と思われます。旅の歌、それも短歌だけ十八首を残しました。

最後に、柿本人麻呂の臨終の際の歌を紹介して、この章を終わることにしましょう。

鴨山《かも》の岩根しまける吾をかも知らにと妹が待ちつつあらむ　（巻二・二二三）

（鴨山の岩を枕にして倒れているわれであるのに、知らずに妹は待っていることだろうか）

歌と「柿本朝臣人麻呂、石見国に在りて臨死《みまか》らむとせし時、自ら傷みて作れる歌一首」という題詞から、人麻呂が石見の鴨山というところで、ほとんど行き倒れのような形で、一人、死に直面したことがわかります。そして、じっさいに人麻呂は亡くなったらしい。というのは、ここには引きませんが、この歌のあとには、人麻呂が「死《みまか》りし時」に作ったという妻・依羅娘子《よさみのをとめ》の歌二首が載せられているからです。そして、この依羅娘子とは、前に見た「石見相聞歌」で作者が別れてきた「妻」と同じ名前です。これもフィクションだったのでしょうか。

まことに柿本人麻呂は、虚構と現実の狭間に生きた歌人でした。

＊1　称制

天皇の崩御後、次の天皇となるべき者が、即位をしないまま天皇の政務を行うこと。史上、確かな称制は中大兄皇子（天智天皇）と鸕野皇女（持統天皇）の二例。

＊2　藤原鎌足

六一四〜六六九。初め中臣姓。中大兄皇子を助けて大化の改新に邁進。その後、天智朝まで一貫して内臣。死の直前、天智天皇より藤原朝臣の姓を賜り、藤原氏の祖となった。

＊3　『萬葉百歌』

「『野守は見ずや』つまり、人が見てますよとたしなめてはいるが、見られて悪いわけではなく、宴席の座興であり、あけひろげた気持での戯れなのである」（同書より）

＊4　島木赤彦

一八七六〜一九二六。明治・大正期の歌人。斎藤茂吉と並ぶ短歌結社誌「アララギ」の指導者。万葉集研究と写生論を中心とした歌論で知られる。歌集『氷魚』『太虚《たいきょ》集』。

＊5　吉野

奈良県南部の山岳地帯の総称。大海人皇子が一時隠棲したのは、吉野川沿いの宮滝（吉野郡吉野町）にあった吉野宮。皇子の母・斉明天皇が造営した離宮である。

＊6　飛鳥浄御原宮

明日香村大字岡の伝飛鳥板蓋宮《いたぶきのみや》跡地は、舒明天皇の岡本宮、皇極天皇の板蓋宮、斉明天皇の後岡本宮と、時代の異なる宮の所在地。ここに最後に築かれたのが飛鳥浄御原宮と見られている。

＊7　元明天皇

六六一〜七二一。天智天皇の皇女。草壁皇子の妃。子の文武天皇没後に即位して第四十三代天皇。

＊8　大津皇子

六六三〜六八六。父は天武天皇、母は天智天皇の娘、大田皇女。文武にすぐれ、期待をかけられていたが、天武天皇の崩じた直後、謀反の疑いで捕らえられ、刑死した。

＊9　大伯皇女

六六一〜七〇一。大来皇女とも。天武天皇の皇女。大津皇子の同母姉。斎王として伊勢にいる姉を密かに訪れた弟大津皇子は、その直後に刑死。万葉集に、すべて大津皇子に関わる哀切な短歌六首を残す。

＊10　志貴皇子

?〜七一六?　天智天皇の皇子。光仁天皇（第四十九代）の父。巻八の巻頭歌「石《いは》そそく垂水《たるみ》の上のさわらびの萌《も》え出づる春になりにけるかも」（一四一八）など印象鮮明な短歌六首を残す。

＊11　「柿本人麻呂歌集」

万葉集編纂の際、資料とした歌集。原本は残っていない。人麻呂の歌のほか、集団性の強い歌謡も収められていたらしい。たとえば集中六十二首の旋頭歌のうち、三十五首は人麻呂歌集のもの。

＊12　日並皇子（草壁皇子）

六六二〜六八九。天武天皇の皇子、母は鸕野皇女（持統天皇）。妃はのちの元明天皇。文武天皇・元正天皇の父。天武天皇の皇太子となったが即位前に死去。

第3章——個性の開花

万葉集第三期　三十五年後の吉野讃歌

この章ではまず、神亀二年（七二五）五月、聖武天皇の吉野離宮行幸に従駕した宮廷歌人の山部赤人《あかひと》が詠んだ「山部宿禰《やまべのすくね》赤人の作れる歌二首并に短歌」の長歌を読んでみましょう。[*1]

やすみしし　わご大君の　高しらす　芳野の宮は　たたなづく　青垣隠《あをがきごも》り　河次《かはなみ》の
清き河内《かふち》ぞ　春べは　花咲きをり　秋されば　霧立ち渡る　その山の　いや益益《ますます》
に　この河の　絶ゆること無く　ももしきの　大宮人は　常に通はむ

（巻六・九二三）

（天下を支配されるわが天皇が高々とお造りになった吉野の宮は、幾重にも重なる青垣のような山々に囲まれ、川の流れの清らかな河内である。春は山に花が咲き乱れ、秋には川一面に霧が立ちわたる。その山のように幾重にも幾重にも、この川の流れが絶えることがないように絶えることなく、大宮人は永遠にこの吉野の宮に通いつづけるだろう）

これを読んで、ただちに連想される歌があります。そう、前章でとりあげた柿本人麻呂の天皇讃歌、通称「吉野讃歌」（巻一・三八。60頁参照）です。

吉野讃歌の冒頭も赤人歌と同様、「やすみしし　わが大君　神《かむ》ながら　神《かむ》さびせすと　芳野川　たぎつ河内《かふち》に　高殿を　高しりまして」と、天皇が吉野川のほとりに御殿を造られたところから、うたい出されているし、同じく中間部は、「春べは　花かざし持ち　秋立てば　もみちかざせり」と春秋を対比した対句になっている。両者の類似は一目瞭然です。それは当然で、赤人が人麻呂の歌を意図的になぞっているのです。

人麻呂の吉野讃歌は六九〇年前後、持統天皇の吉野行幸の際のもので、赤人の歌より三十五年ほど前。赤人は、同じ宮廷歌人として、天皇讃歌を作る伝統に連なる思いで、仰ぎ見る先輩・人麻呂の吉野讃歌をなぞったのでしょう。

しかし、二首をよく読み比べると、同じ天皇讃歌でもうたいぶりがまったく異なっていることに気づきます。たとえば人麻呂歌は、「山の神も、川の神もお仕えする、そういう神の時代なのだ」と強く言い切っている。もともと天皇は、高天原《たかまがはら》から葦原中国《あしはらのなかつくに》に天降《あまくだ》ってきた天孫（邇邇芸命《ににぎのみこと》[*2]）の直系の神、すなわち「天《あま》つ神」で、それぞれの地方に土着している「国つ神」より一段上の神。そこで、天つ神たる天皇が国つ神の上に君臨するというのが、古事記・日本書紀の描き出した神々の世界の支配構造ですが、それは同時に、天皇を中心とする強力な中央集権国家をつくりあげてゆくための原理でもありました。人麻呂が活躍した天武・持統・文武の時代（六八〇〜六九〇年代）は、そんな「君臨する神」としての天皇像をまさにつくりあげようとしていた時代です。だから人麻呂は、山の神・川の神（国つ神）がお仕えする対象としての天皇を情熱的に支持し、力強くうたいあげることができたのです。

これに対して赤人の歌は、天皇讃歌の伝統の形を踏まえてはいるものの、クールでさらっとしたうたいぶりです。たとえば、吉野山は「山の神」ではない自然の山として、吉野川は「川の神」ではない自然の川として、うたわれている。もはや国つ神ではないのです。赤人の時代（七二〇〜七三〇年代）、「神としての天皇」という観念はすでに広く了解されていました。だから、あえて今さら言挙《ことあ》げをすることもない、と赤人は感じていたのでしょう。たぎるような人麻呂の情熱は、赤人にはすでにありません。

この両者のちがいは、律令体制の始発・興隆期（飛鳥・藤原京の時代）を生きた人麻呂と、定着・安定期（平城京の時代）を生きた赤人のちがいと見てよいでしょう。わずか三十五年のへだたりが、歌人のものの感じ方や天皇観、帰属意識、そして歌の表現の色合いを、大きく変えたのです。こうして万葉集の歌は第三期へと移ってゆきます。

都市生活と〈個〉の誕生

万葉集の第三期は奈良遷都（七一〇年）から天平五年（七三三）まで。元明天皇から元正天皇をへて聖武天皇の治世前期までの二十余年です。終わりを天平五年にしているのは、大伴旅人《たびと》・山上憶良という第三期の代表的歌人が、このころ相次いで没したのを区切りと見る観点から（旅人七三一年没、憶良七三三年没）。第四期を代表する歌人・大伴家持十六歳のときの、作歌年代が明らかな最も早い歌「振仰《ふりさ》けて若月《みかづき》見れば一目見し人の眉引《まよびき》おもほゆるかも」（巻六・九九四）が、この年の作であることも、区切りに数えてよいかもしれません。

この時代、日本は法律（養老律令）の整備が進み、史書（古事記・日本書紀）が完成するなど、古代律令国家としてほぼ完成の段階に達しました。条坊路によって整然と区画された都市・平城京には十万になろうかという人が住み、東西の市には食料・日用品から衣類や装飾品までが並べられ、いつもにぎわっていました。山上憶良の歌の中に出てくる舶来品の宝玉（「娘子等《をとめら》が　娘子《をとめ》さびすと　唐玉《からたま》を　手本《たもと》に纏《ま》かし」［娘たちがいかにも娘らしく、舶来の玉などを手首に巻いて］巻五・八〇四）なども、売られていたはずです。

一方、文化では、大陸からもたらされた仏教・儒教や老荘思想、漢詩文などを咀嚼《そしゃく》・吸収し、自己のものとした知識層が増えてくる時代です。また、僧行基《ぎょうき》*3が、個人の道徳を説き、それまで国家仏教中心だった日本に、歴史上初めて個人の帰依に基づく信仰集団をつくりあげたことに見られるように、この時代には〈個〉の自覚というものも生まれてきます。

こうして、この時期、都市生活の出現や生活の多様化、大陸の思想・文化の知識層への浸透、〈個〉の自覚の誕生といった状況を背景に、歌の世界も多様化し、多彩になり、個性ある歌人たちが輩出してくることになります。ここでは山部赤人、大伴旅人、山上憶良、そして高橋虫麻呂《むしまろ》の四人をとりあげることにします。

長歌から短歌へ――山部赤人①

最初は、すでに長歌を読んだ山部赤人。赤人は、聖武天皇時代の宮廷歌人で、年代の明らかな歌の上限と下限は、神亀元年（七二四）・天平八年（七三六）。行幸従駕歌や羇旅歌など全五十首（長歌十三、短歌三十七）を残しました。生没年不詳で、史書にはまったく見えないところから、柿本人麻呂と同じく下級の官人だったと考えられています。

この章の冒頭の長歌を読むかぎりでは、伝統を踏まえた端正なうたいぶりの歌人ぐらいにしか思えないかもしれませんが、しかしこの赤人、近代歌人とくにアララギ系歌人の間では大変評判がよかった。そして、その高い評価のもととなったのが、前出の長歌に続いて置かれた二首の反歌です。

み吉野の象山《きさやま》の際《ま》の木末《こぬれ》にはここだも騒く鳥の声かも　（巻六・九二四）
（吉野の象山の山あいの木の茂みには、こんなにもたくさんの鳥が鳴いている）

ぬばたまの夜《よ》のふけぬれば久木《ひさぎ》おふる清き河原に千鳥しば鳴く　（同・九二五）
（夜が更けゆくほどに、久木の生い茂る清らかな川原で、千鳥がしきりに鳴いている）

反歌とは、「長歌のうしろにつけられた短歌」のこと。つかない場合もありますが、ふつうは一、二首がつけられる。多いと五首くらいのこともあります。成立については、長歌の末尾の……五七五七七（短歌形式になっています）が独立したという説が有力です。反歌の役割としては、長歌の内容・要点を反復する、内容を補う、内容を要約する、といったケースがあります。

そこで、再び赤人の長歌・反歌を見てください。この二首の反歌は、反歌の役割のどれも果たしていません。というより、ほとんど長歌から独立している。天皇が行幸した吉野とは、こんなにも自然が豊かで、鳥も元気なところなのだ、という程度の関係でしかない。人麻呂の吉野讃歌の反歌が、「山川《かは》もよりて奉《まつ》れる神《かむ》ながらたぎつ河内《かふち》に船出《ふなで》するかも」（巻一・三九）と、長歌の主題を力強くリフレインしていたのに比べると、赤人の反歌の独立性は明らかです。

この二首の反歌を、長歌から切り離して読んで絶賛したのが、大正期のアララギ派の歌人、島木赤彦です。赤彦は、「実際の有のまゝを写す」ことが写生だとする正岡《まさおか》子規《しき》*4の説を受けて、具体的な事象との接触によって起こる感動を、そのまま表現することが写生であるとし（『歌道小見』一九二四年）、その立場から万葉集の歌を鑑賞、称揚しました。なかでも、この二首は著書で繰り返し取り上げた。たとえば一首目については、「一首の意至簡《しかん》にして、澄み入るところがおのずから天地の寂寥《せきりょうそう》相に合している。騒《さわ》ぐというてかえって寂《さび》しく、鳥の声が多いというていよいよ寂しいのは、歌の姿がその寂しさに調子を合せ得るまでに至純《しじゅん》であるためである」（『万葉集の鑑賞及び其批評』一九二五年、のち講談社学術文庫・一九七八年）と激賞しています。讃歌という基本性格から生き生きと生動する自然がうたわれている、本来はかなり華やかでかつにぎやかな歌だったはずの二首を、赤彦がこのように静かな歌として読んだのは、あるいは読めたのは、二首が独立した短歌作品として、十分に鑑賞にたえる完結性をそなえていたからです。

柿本人麻呂の時代には、天皇や高官のいる公的儀礼の場で和歌が披露されました。それが赤人の時代になると、儀礼の場では主として漢詩が発表されるようになり、和歌の立場は一歩後退させられます。さらにそれ以後を歴史的に見れば、歌は儀礼的・公的なものから私的なものへ、ハレからケの歌へと移行してゆくことになります。それは、歌の比重が長歌から短歌へ移ってゆくという過程でもある。長歌からの独立性を強めたこの赤人の反歌二首などは、その転換点に位置していると言えるかもしれません。

田子の浦と青空――山部赤人②

山部赤人の歌をもうひとつ読みましょう。やはり代表作の「山部宿禰赤人、不尽山を望める歌一首幷に短歌」です。

天地の　分《わか》れし時ゆ　神《かむ》さびて　高く貴き　駿河なる　布士《ふじ》の高嶺《ね》を　天《あま》の原　ふり放《さ》け見れば　渡る日の　影《かげ》も隠《かく》らひ　照る月の　光も見えず　白雲も　い行きはばかり　時じくぞ　雪は降りける　語り継《つ》ぎ　言ひ継《つ》ぎ行かむ　不尽の高嶺は

（巻三・三一七）

（天地開闢の昔から、神々しく高く貴い駿河の富士の高嶺を、大空はるかに振り仰いで見ると、空を渡る日も隠れ、照る月の光も見えず、白雲も行くのを遠慮するほどで、季節に関係なく雪は降っている。ああ、永遠に語り継ぎ言い継いでゆこう、この富士の高嶺のことを）

反歌

田児《たご》の浦ゆうち出《い》でて見れば真白《ましろ》にぞ不尽《ふじ》の高嶺に雪はふりける　（同・三一八）

（田子の浦を通って視界の開けるところにうち出て見ると、純白に、富士の高嶺に雪が降り積もっている）

柿本人麻呂と同様、赤人も中央政府の情報をもって地方に下ることがあるような立場の、今でいう国家公務員だったらしい。これは、そのようにして関東に行ったときの歌。現地でも発表されたでしょうが、後宮のサロンとか帰京後の都の宴席で、富士山を見たことのない人たちを前に、土産話とともに披露された歌ではないかと思います。

反歌は名歌としてつとに定評があります。赤人はたぶん馬に乗って、田子の浦（興《おき》津《つ》・由比《ゆい》・蒲原《かんばら》あたりの駿河湾の海）沿いの東海道を下ってきました。このあたりは山

歌川広重「東海道五拾三次之内　由井　薩埵嶺」(保永堂版)。薩埵峠から見える富士山が描かれている(静岡市東海道広重美術館蔵)

が海岸線まで迫り、なかなか遠くまで見通すことができません。と、薩埵《さった》峠を越えたところで、急に視界が開けたかと思うと、雄大な富士山が姿を現した――。一首中に動きがあり、ドラマティックな展開のある歌です。

もうひとつ、この歌の空に私は注目します。歌は空のことは何も言っていませんが、真っ青な空が見えるはずです。バックが曇っていたり、雪雲だったりしたら、富士山は見えません。背景が青空だからこそ、白い富士山が鮮やかに見えるのです。詩型が短い短歌や俳句では、言わないで表現する、言わば余白の部分が大事なのです。読者はそこを読み込み、作者のモチーフを了解する。この呼吸を楽しむのは、千三百年前の読者も現代の読者も変わらないのです。

酔泣と凶問——大伴旅人①

天平元年（七二九）に、大宰帥《だざいのそち》（長官）・大伴旅人が筑紫国大宰府*5（福岡県太宰府市）で詠んだ酒の歌があります。酒をたたえ、酒飲みをほめる歌十三首、「太宰帥《ママ》大伴卿、酒を讃《ほ》むる歌十三首」で、通称「讃酒歌」。うち四首を引きます。

験《しるし》なき物を思《も》はずは一坏《ひとつき》の濁れる酒を飲むべくあるらし　（巻三・三三八）

（物思いなどにふけるよりは、いっそ一杯の濁り酒を飲む方がよいだろう）

今の代にし楽しくあらば来《こ》む生《よ》には虫に鳥にも吾はなりなむ　（同・三四八）

（この世さえ楽しかったら、あの世では虫にでも鳥にでも、われはなってしまおう）

生者《いけるもの》つひにも死ぬるものにあれば今ある間《ほど》は楽《たの》しくをあらな　（同・三四九）

（生きている者は、かならず死ぬと決まっているのだから、この世にいる間は、楽しく過ごそう）

もだをりて賢《さか》しらするは酒飲みて酔泣《ゑひなき》するになほ若《し》かずけり　（同・三五〇）

（沈黙をまもって利口ぶるのも、酒を飲んで酔い泣きするのにやっぱり及びはしないのだ）

一読、酒飲みが喜びそうな歌が並んでいます。世間の常識や賢《さか》しらをあざ笑ううたいぶりも、酒席で共感されるような内容です。推測ですが、これらは宴席で発表された歌なのでしょう。

しかしそれでいて、言葉は上滑りせず、分別くさく小賢しい生き方など何ほどのものでもないだろう、この世での栄達や成功など大したことではないだろう、という作者の思いが、しだいに読む者の（あるいは聞く者の）心にしみこんでゆくように感じられます。人生というものを深く見つめる作者の目、それも成熟した目があるからでしょう。これらの歌を作ったとき、旅人はすでに六十五歳でした。

大伴旅人は、万葉集の歌人のなかにあっては珍しく経歴がくわしくわかる人です。何しろ神話時代以来、天皇を補佐してきた軍事名族・大伴氏の氏上《うじのかみ》なのです。天智四年（六六五）、大伴安麻呂（のち大納言）の子として飛鳥に生まれ、五十四歳で中納言、六十歳で正三位にのぼり、神亀四年（七二七）、六十三歳の秋に大宰帥に任命され、翌神亀五年初めに着任します。妻・大伴郎女《いらつめ》と、十歳をこえたばかりの嗣子・家持も同行しました。

旅人は七十首前後の歌を万葉集に残しています。うち一組の長・短歌（巻三・三一五〜三一六）を除いた残りはすべて、大宰府赴任以降の作です。つまり旅人の作歌は、大宰府時代とその後に奈良にもどって没するまでの間、すなわち晩年の三年間（六十四〜六十七歳）に集中している。

世の中は空《むな》しきものと知る時しいよよますます悲しかりけり　（巻五・七九三）

（世の中とは空しいものだと思い知らされて、さらにいっそう深い悲しみに沈んでゆくのです）

この歌には、「太《ママ》宰帥大伴卿、凶問に報《こた》ふる歌一首（凶報を受けてこれに報じた一首）」という題詞に続いて、漢文がついています。「禍故重畳《かさな》り、凶問累《しきり》に集る。永《とこしへ》に崩心の悲しみを懐《いだ》き、独り断腸の泣《なみだ》を流す。……」（不幸が重なり、悪い焦らせが続きます。心崩れんばかりの悲しみに沈み、独り断腸の涙を流しています。……）

この歌の日付は、大宰府に着任後半年ほどたった神亀五年（七二八）六月二十三日で

旅人から見た大伴氏の略系図

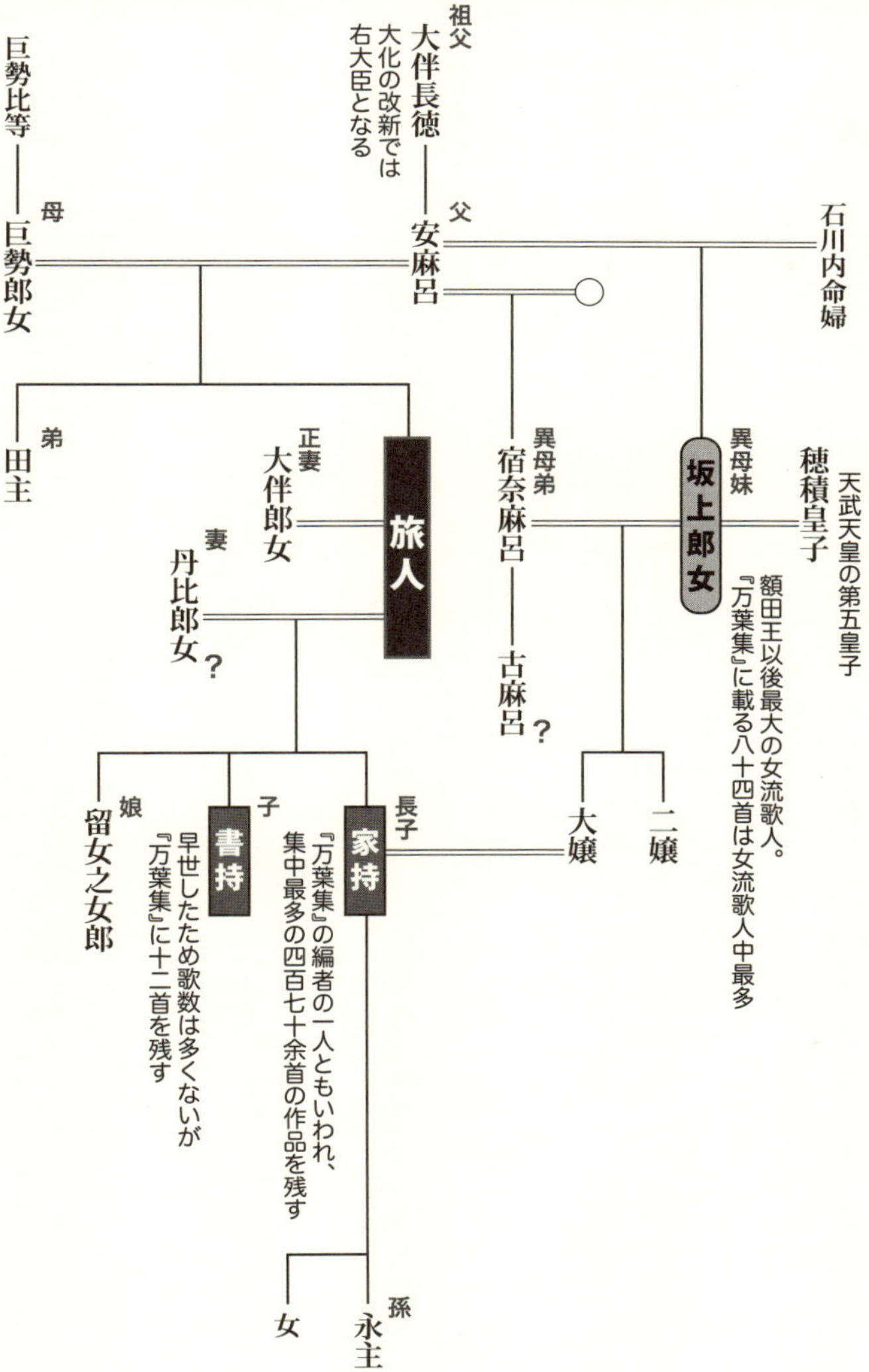

すが、じつはこれより前の四月頃、つまり着任早々に旅人は、都から伴ってきた妻・大伴郎女を急の病で失っていました。おそらくは長く連れ添った妻の死は、旅人を打ちのめしたはずですが、この六月には、さらに追い打ちをかけるように「凶報」が都から届いた。不幸が重なったわけです。異母妹・大伴坂上郎女《さかのうえのいらつめ》*6の夫で、同じく異母弟の大伴宿奈麻呂《すくなまろ》の死の報せであったと推定されます。

最愛の妻の死、そして弟の死。「崩心の悲しみ」を払うために、旅人は多くの歌を作りました。

亡妻挽歌——大伴旅人②

大伴旅人は結局、十三首もの亡妻挽歌を作りました。万葉集の歌人のなかで、これほど亡き妻への思慕を歌った人はいません。亡妻挽歌というジャンルの、実質的な創始者ということになるでしょう。ここでは、大宰府から奈良へと帰る途次、時と所を変えて作った歌を四首見てみましょう。どれも、なかなかの佳作です。

最初は、天平二年（七三〇）十一月に大納言に任じられて都にもどることになった旅人が、帰京を前に、三年近くを過ごした大宰府で詠んだ歌二首。

還《かへ》るべく時は成りけり京師《みやこ》にて誰《た》がたもとをかわが枕《まくら》かむ　（巻三・四三九）

（いよいよ都に還ることになった。だが、都に帰って、私はいったい誰の腕を枕にして寝ようというのか）

京師《みやこ》なる荒れたる家にひとり宿《ね》ば旅に益《まさ》りて苦しかるべし　（同・四四〇）

（荒れたわびしい都の家に独り寝たならば、旅寝にもましてどんなにかつらいことだろう）

次の一首は、同年冬十二月、海路帰京する途次に詠んだ歌五首のうちの一首。

吾妹子が見し鞆《とも》の浦のむろの木は常世《とこよ》にあれど見し人ぞなき　（巻三・四四六）

（妻が往路に見た鞆の浦のむろの木は、今も変わらずにあるが、これを見た妻はもはやこの世にいないのだ）

鞆の浦は、現在の広島県福山市鞆の海岸。むろの木は、ヒノキ科の常緑低木の杜松《ねず》か、あるいは這杜松《はいねず》のことと言われています。変わることのない自然と、はかない人間の命の対比のあざやかさが、旅人の悲しみをきわだたせています。

吾妹子が植ゑし梅の樹見るごとにこころむせつつ涙し流る　（巻三・四五三）
（わが妻が植えた梅の木をながめるたびに、心がせきあげて、涙が流れることだ）

最後は、奈良の家に帰りついてすぐに作った歌。これをもって旅人の亡妻挽歌は終わります。そして帰京してから半年あまりの天平三年（七三一）七月、従二位大納言大伴旅人は薨《こう》じました。歳六十七。

大宰帥と筑前守——山上憶良①

場面は大宰府にもどります。大宰帥・大伴旅人が、妻を失い、弟の死を知って、「崩心の悲しみ」を味わっていた神亀五年（七二八）七月二十一日、筑前の国守・山上憶良が、長歌と反歌五首からなる「日本挽歌」を大伴旅人に献じました。憶良が旅人になりかわって、亡くなった妻への挽歌をうたうという、ユニークな形式の作品です。長歌の後半と反歌四首を見ましょう。なかに出てくる「吾」は、憶良がなりかわった旅人です。

……　家ならば　形《かたち》はあらむを　恨めしき　妹《いも》の命《みこと》の　吾《あれ》をばも　いかにせよとか　にほ鳥の　二人並びゐ　語らひし　心そむきて　家離《さか》りいます　（巻五・七九四）

（……あのまま奈良の家にいたならば、無事だったろうものを、あの世の恨めしい妻が、この私にどうせよというのか。かいつぶりのように二人並んで夫婦の語らいをしたその誓いに背いて、家を離れていってしまわれた）

はしきよしかくのみからに慕ひ来《こ》し妹が心の術《すべ》もすべなさ　（同・七九六）

（ああ、このように筑紫で死ぬ定めだったのに、私について来た妻の心が何とも痛ましいばかりだ）

悔《くや》しかもかく知らませばあをによし国内《くぬち》ことごと見せましものを　（同・七九七）

（ああ残念だ。筑紫で死んでしまうと前もってわかっていたならば、故郷の奈良をくまなく見せておくのだった）

妹が見しあふちの花はちりぬべしわが泣く涙いまだ干《ひ》なくに　（同・七九八）

（妻が好きだった楝《おうち》の花は、もう散ってしまったにちがいない。妻を悲しんで泣く私の涙はまだ乾きもしないのに）

大野山霧立ちわたるわが嘆くおきその風に霧立ちわたる　（同・七九九）

（大野山に霧が立ちこめている。ああ、私の嘆息で、霧が山一帯に立ちこめている）

旅人の心に寄り添うようなこの憶良の歌は、旅人の「崩心の悲しみ」を大いに慰めたはずです。

さらに、旅人を喜ばせたのは、日本挽歌の前におかれた長い漢詩文ではなかったかと思います。旅人の亡妻の追善のために作られたこの漢詩文は、仏教的な死生観に儒教・道教の言葉をちりばめたもの。そこで示された憶良の教養は、当時の知識人としても高いレベルにあり、まさに旅人のそれと重なり合うものでした（そのことは、前に見た「讃酒歌」のいたるところに中国の伝統的な詩文の表現や仏教思想・老荘思想が顔をのぞかせていたことからも察せられます）。そしてまた、前出の「凶問に報《こた》ふる歌」（「世の中は空《むな》しきものと……」巻五・七九三）で自らが試みた「漢文＋和歌」という形式が、日本挽歌においてさらに拡大・深化させられていることに、旅人が気づかないはずはありません。

大伴旅人と山上憶良はともに相手のなかに、官位の差（旅人は正三位中納言・大宰帥、憶良は従五位下筑前守）を越えて、文芸の基盤を共有するかけがえのない詩友・歌友を見出していたと思われます。そしてここに、漢詩文と和歌の融合を特徴とする「筑紫歌壇」が、旅人・憶良を中心とする官僚や僧ら、筑紫に住む知識人によって形成されることになります。

貧窮問答歌——山上憶良②

山上憶良は、万葉集に八十首近くが収められる重要歌人（大伴家持・柿本人麻呂・大伴坂上郎女に次いで四番目）で、筑前守までつとめた人ですが、出自や経歴はほとんどわかっていません。没する直前（七三三年）に書いた「沈痾自哀文《ちんあじあい》」（巻五）にある「年七十有四」から逆算して、斉明六年（六六〇）の生まれというのが、出生に関する情報のすべてです。また、大宝元年（七〇一）に決定された遣唐使（粟田真人《あわたのまひと》執節使）の書記に、四十二歳で任命されるまでの経歴もわからない。出自について有名なのは中西進[*7]氏が唱えた渡来人説で、「侍医百済人憶仁」（日本書紀「天武紀」）の子とするものですが、決定的な証拠はありません。結局、不明とするしかないのです。

さて、遣唐使の一員として入唐した憶良は、二年ほどで無事帰国します。そののちは、五十五歳で従五位下、五十七歳で伯耆守《ほうきのかみ》、そして神亀三年（七二六）、六十七歳で筑前守となって筑紫に赴任しています。憶良より五歳年下の大伴旅人が帥として大宰府に下向してくるのは、その一、二年後です。

旅人の大宰府在任中は、筑紫歌壇の中心として旅人とともに意欲的に歌作に励む一方、大宰府での催しにも憶良はよく参加しています。天平二年（七三〇）正月十三日に旅人の邸で開かれた「梅花の宴」*8にも、もちろん加わっています。また、六十五歳の大宰帥と七十歳の筑前守のコンビは、宴席などで息の合ったパフォーマンスを行っていたフシもあります。たとえば……宴の頃合いをみはからって憶良がつとたちあがると、こんな歌を披露するのです。

憶良らは今は罷《まか》らむ子泣くらむそれ彼《そ》の母も吾《わ》を待つらむぞ　（巻三・三三七）

（この憶良めは、これにて退席させていただきましょう。家では子供が泣いておりましょう。その子の母も私の帰宅を待っておりましょう）

七十歳の憶良に、実際にそんな小さな子がいたとは考えられません。へりくだって名前を出し、子どものことを歌うことで一座の空気をなごませ、冗談を残して退席しようとするのです。そこで主人の旅人が、かねて用意の「讃酒歌」を出して憶良をひきとめます。そうして空気を変えて、宴を続行させる……。巻三のなかの、同じ宴席で詠まれたと思われる歌群のなかで、「憶良らは……」（三三七）と「讃酒歌」（三三八〜三五〇）が続いているところから、こんな解釈をしてみせたのは、伊藤博《はく》氏*9の『万葉集釈注』でした。前に、「讃酒歌」は宴席で発表されただろうと言ったのは、このことでした。

しかし宴はいつかは終わらなければなりません。天平二年（七三〇）秋、旅人は帰京し、おそらくその翌天平三年に、憶良も任を終えて都にもどります。

帰京した憶良が最初に完成させた作品が「貧窮問答歌」（七三二年）。貧者とより貧しい者が「貧窮についての問答」を交わすという、古典にはまったく類例をみない作品です。憶良はどこからどのようにして発想したのでしょうか。中国の古典や漢詩文に通じた憶良だけに、それらの影響が指摘されることも多いのですが、私は、憶良が筑前守として管内を巡視するなかで見聞した農民の生活の現状を、中央の心ある高官に訴えたいと考えていた、と思います。よく言われることですが、憶良は、〈志〉の人だった。

では、「貧窮問答歌」を読みましょう。まず登場するのは、「貧者」です。貧しいとはいえ、まだ堅塩《かたしお》をかじったり、糟汁《かすじる》をすすったりはできるし、「おれほどの人物は、他にはいまい」と力み返ることもある。とはいえ、こんなに寒い夜には、自分より貧しい人の父母は、さぞかし寒がり、ひもじがっているだろう、子どもは泣いているだろう。お前はどうして世をしのいでゆくのか――と、貧者はより貧しい「極貧者」に問います。以下、極貧者の答え。そして、反歌は、極貧者の感慨とも見えますが、憶良の感慨を表現したものでしょう。

天地は　広しといへど　吾《あ》が為は　狭《さ》くやなりぬる　日月は　明《あか》しといへど　吾《あ》が
ためは　照りや給はぬ　人皆か　吾《われ》のみや然《しか》る　わくらばに　人とはあるを　人並《なみ》
に　吾《あれ》も作《な》れるを　綿も無き　布肩衣《ぬのかたぎぬ》の　海松《みる》のごと　わわけさがれる　かかふの
み　肩に打ち懸け　伏《ふせ》いほの　曲《まげ》いほの内に　直《ひた》土に　藁《わら》解き敷きて　父母は
枕《まくら》の方に　妻子《めこ》どもは　足《あと》の方に　囲《かく》みゐて　憂へ吟《さまよ》ひ　かまどには　火気《けぶり》ふき
立てず　こしきには　蜘蛛《くも》の巣かきて　飯炊《いひかし》く　事も忘れて　奴延鳥《ぬえどり》の　のどよひ
をるに　いとのきて　短き物を　端《はし》きると　いへるがごとく　楚《しもと》取《と》る　里長《さとをさ》が声
は　寝屋処《ねやど》まで　来《き》立ち呼《よ》ばひ　かくばかり　術《すべ》無きものか　世間《よのなか》の道

（巻五・八九二）

（天地は広いというが、私のためには狭くなっているのか。太陽や月は明るいというが、私のためには照って下さらないのか。世の中がみながそうなのか、私だけがそうなのか。たまたま幸いにも人と生まれたのに、人並に精一杯働いているのに、綿もない袖無しの海藻のように破れたぼろ布を肩にうちかけ、つぶれて傾いだ竪穴住居に、地べたに藁を解き敷き、父や母は枕の方に、妻や子は足の方に、身を寄せ合って、ぶつぶつうめき合ったりし、かまどには火の気がまったくなく、米を蒸す蒸し器には蜘蛛が巣を懸けて、飯を炊くことなどとっくに忘れてしまって、とらつぐみが鳴くように悲しい声で嘆いている。それなのに、「短い物の端をさらに切り詰める」という諺《ことわざ》のように、笞をかざす里長の声は、寝床までやって来てわめき立てている。こんなにも辛いばかりのものなのか。世の中を生きていくということは)

世間《よのなか》を憂《う》しとやさしと思へども飛び立ちかねつ鳥にしあらねば　（同・八九三）

（この世をいやな所、身の置き場所もない所と思うのだが、どこかへ飛び去ることもできない。人間は所詮鳥でないのだから）

歌の最後に「山上憶良頓首謹みて上る」とあるので、政府の高官に献上したことはたしかでしょう。その際、ふさわしいのは大納言大伴旅人でしょうが、旅人はすでに前年

（七三一年）に世を去っていました。次歌（「好去好来歌《こうきょこうらいか》」巻五・八九四～八九六）を献じた丹比広成《たじひのひろなり》＊10という見方が有力ですが、定説となってはいません。そして無論、「貧窮問答歌」が中央の政治のいかなる場でも参考にされた気配はありません。

憶良は翌天平五年、世を去り、農民の暮らしを真正面から見つめたこの歌は、万葉集にひっそりと収められました。その真価が再発見されるには、なんと近代まで待たねばなりませんでした。

腰細のすがる娘子——高橋虫麻呂

最後に、ここまでのだれにも似ていない、高橋虫麻呂というユニークな歌人をご紹介しましょう。例によって、この人も生没年・出自等一切不明の下級官人。わかっているのは、養老三年（七一九）から数年間、常陸の国守をつとめた藤原宇合《うまかい》＊11に仕えたらしいことと、天平四年（七三二）に宇合が節度使として西海道に派遣された際、歌（巻六・九七一～九七二）を献じた、ということくらいです。万葉集編纂の資料となった「高橋虫麻呂歌集」の作を含めて、作歌数は三十六首（長歌十五、短歌二十、旋頭歌一）です。

虫麻呂の歌の特徴は、多くが地方に伝えられた伝説や伝承、物語に基づいているということ。代表的な作品として、「水江《みづのえ》の浦島の子を詠める一首并に短歌」（巻九・一七四〇

〜四二）があります。ご存じ浦島伝説（浦島太郎の物語）です。とはいえ、この話には「助けた亀に連れられて」の亀が出てきません。じつは亀が出てくる〈動物報恩譚〉の浦島は、中世以降のものらしい。古代の『日本書紀』（雄略紀）所載の浦島は、釣った亀が女性になり、結婚して蓬萊山《ほうらいさん》に行って、仙境を二人で見て回るという話です。

さて、虫麻呂の浦島の子はこんな話。

――ある日浦島は、魚がよく釣れるので、夢中になって沖へ沖へと船を漕いで海境《うなさか》も越えてしまう。そこで出会った海神の娘と結婚し、常世の国で二人は楽しく暮らす。三年後、「ちょっと家に帰ってきたい」と言いだした浦島に、妻は、「私とまた会いたいと思ったら、決して開けないで」と言って玉櫛笥《たまくしげ》を渡す。浦島が故郷の住吉にもどると、自分の家が見当たらない。「これを開ければ、元通りに家が現れるだろう」と、浦島が箱を開けると、白雲が箱から立ち昇り、浦島は失神。肌には皺《しわ》がより、髪もたちまち白くなって、とうとう死んでしまう――。

この話につけられた反歌に注目します。

常世《とこよ》べに住むべきものを剣《つるぎ》刀《たち》己《な》が心から鈍《おそ》やこの君　（巻九・一七四一）

（ずっと常世の国に住むことができたはずなのに、〔剣太刀〕自分の心が原因で住めな

くなった。愚か者だよ、浦島太郎さんは）

せっかく手に入れた不老不死の幸福を、むざむざ失ったことを批判するような、あるいははやし立てるようなニュアンスがあります。このあたりに私は、虫麻呂の物語を楽しもうとする人びとの存在を感じます。

その意味では、何人もの男が自分をめぐって妻争いをするのを止めるために、自ら命を絶った真間手児奈《ままのてこな》や、同じく二人の男に求婚されて自ら命を絶った菟原処女《うないおとめ》などは、聞き手の女性たちを大いに泣かせたはずだと思います。「勝鹿《かつしか》の真間娘子《をとめ》を詠める歌」「菟原処女《うなひをとめ》の墓を見る歌」のそれぞれ反歌を引きましょう。

勝鹿《かつしか》の真間《まま》の井を見れば立《た》ち平《なら》し水汲ましけむ手児奈し思ほゆ　（巻九・一八〇八）

（勝鹿の真間の井を見ると、毎日ここへ通って水を汲んでおられた真間の手児奈が偲ばれる）

葦屋《あしのや》の菟原処女《うなひをとめ》の奥津城《おくつき》を往き来《ゆくく》と見れば哭《ね》のみし泣かゆ　（同・一八一〇）

（葦屋の菟原娘子の墓を、行き来するたびに見ると、ただもう声をあげて泣けてくる）

本章の最後に、すべての男たちをとりこにした美女・珠奈娘子《たまなおとめ》を詠んだ長歌の一部をお読みください。この時代、こんなにあられもない具体的表現は珍しい。ある種の現代性すら感じます。これも万葉集の幅というものでしょう。

上総《かみつふさ》の末の珠名《たまな》の娘子《をとめ》を詠める一首幷短歌

……あづさ弓　周淮《すゑ》の珠名《たまな》は　胸別《むなわけ》の　広き吾妹《わぎも》　腰細の　すがる娘子《をとめ》の　その姿《さま》の　端正《きらきら》しきに　花のごと　咲《ゑ》みて立てれば　玉ほこの　道行く人は　おのが行く　道は行かずて　召《よ》ばなくに　門《かど》に至りぬ　……（巻九・一七三八）

（……上総の周淮の珠名は、豊かに胸の張り出したいい女、蜂のように腰のしまったいい女、完璧な美しさの彼女が、花のようにほほえんで立っていると、道を行く男たちは道をそれて、呼ばれもしないのについついその門口まで来てしまう。……）

＊1　聖武天皇
七〇一～七五六。文武天皇の子。元正天皇の譲位により即位し、第四十五代天皇。光明皇后との間の娘・孝謙天皇に譲位。

＊2　天孫（邇邇芸命）
邇邇芸命（瓊瓊杵尊）は天照大御神（天照大神）の孫（天孫）。邇邇芸命が葦原中国を治めるため日向の高千穂に天降ったのが「天孫降臨」。神武天皇は、その天孫の曽孫とされる。

＊3　行基
六六八～七四九。奈良時代の僧。八世紀初め、全国で布教を行うが、呪術的・異端的宗教と糾弾された。のち橋・堤造りなど社会事業に取り組み、大仏建立に際しての勧進が認められ、大僧正に任じられた。

＊4　正岡子規
一八六七～一九〇二。明治期の俳人・歌人。俳句では写生句を提唱、歌では「歌よみに与ふる書」で古今集を否定、万葉集を評価。門下の伊藤左千夫・長塚節《たかし》らは師の志を継いで「アララギ」を創刊した。

＊5　大宰府
六世紀の那津官家《なつのみやけ》を起源とするが、実質的には白村江での敗戦（六六三年）の翌年、官衙《かんが》を現在地に移したのが始まり。令制下では、西海道（九州）諸国・諸島を管轄し、外国使節への応対や海辺防備を担当する行政機関として、「遠の朝廷」とうたわれた。

＊6　大伴坂上郎女
生没年未詳。万葉集第三～四期の歌人。八十四首は女性歌人第一位。穂積皇子、藤原麻呂（京家の祖）との交渉の後、異母兄の宿奈麻呂と結婚。娘の大嬢は大伴家持に嫁ぐ。

＊7　中西進

一九二九〜。現代の国文学者、万葉学者。著書『万葉集の比較文学的研究』『万葉集　全訳注原文付』他多数。平成二十五年度文化勲章受章。

＊8　梅花の宴

天平二年（七三〇）正月十三日、大宰帥・大伴旅人宅に、大宰大弐、筑前守（山上憶良）、筑後守、観世音寺別当（沙《さ》弥《み》満誓《まんせい》）など西海道各地の高官、僧三十二人が集い、梅を題として歌を詠みあった宴。

＊9　伊藤博

一九二五〜二〇〇三。昭和・平成期の万葉学者。筑波大学名誉教授。個人による万葉集全巻の注釈書『万葉集釈注』を完成。

＊10　丹比広成

?〜七三九。奈良時代の官僚。文武朝の左大臣、多治比嶋の子。天平五年（七三三）遣唐大使として入唐、二年後帰朝。天平十一年、従三位中納言で没。

＊11　藤原宇合

六九四?〜七三七。奈良時代の公卿。藤原不比等の三男、四兄弟の一人で、式家の祖。長屋王の変に功をあげ藤氏政権確立に寄与。天平九年（七三七）、天然痘により他の三兄弟とともに死去。

第4章——独りを見つめる

万葉集第四期　感覚を表現する歌人——大伴家持

万葉集の時代も最後の第四期を迎えました。第三期を代表する歌人・山上憶良が亡くなった天平五年（七三三）から、万葉集最後の歌が詠まれた天平宝字三年（七五九）まで。聖武天皇の後期から孝謙《こうけん》天皇*1をへて、淳仁《じゅんにん》天皇*2の治世初期までの二十六年間です。

この時期を代表する歌人としては、男性への激しくいちずな恋の思いを斬新な表現でうたいあげた笠女郎《かさのいらつめ》*3や、女性でもっとも多い長短歌あわせて八十四首の歌を万葉集にのこしている大伴坂上郎女、六十三首もの贈答歌を交わした中臣宅守《やかもり》と狭野弟上《さののおとがみの》（茅《ち》上《がみの》）娘子《おとめ》*4、万葉時代最後の宮廷歌人ともいうべき田辺福麻呂《さきまろ》*5がいます。しかし何といっても最大の歌人は大伴家持で、この時代はよく「家持の時代」と呼ばれます。

大伴家持とは、どのような歌を詠んだ歌人なのか。まず、次の四首を読んでみましょう。これらの歌には共通する一つのテーマがあります。そのように選んでみました。じっくり読んで、それを見つけ出してください。

春まけて物がなしきにさ夜ふけて羽《は》ぶき鳴く鴫《しぎ》誰《た》が田にか住む　（巻十九・四一四一）

（春になって、物悲しい気分のときに、夜も更けて羽ばたきながら鳴く鴫、あの鴫はだ

れの田で鳴いているのだろうか)

夜ぐたちに寝覚めてをれば川瀬尋《と》め情《こころ》もしのに鳴く千鳥かも　（同・四一四六）

（夜中に目覚めていると、川の浅瀬を伝うようにして、心がしおれるばかりに、鳴いている千鳥よ）

あしひきの八峯《やつを》の雉《きぎし》なき響《とよ》む朝明《け》の霞見ればかなしも　（同・四一四九）

（峰々で鳴き立てる雉の声をつつむ明け方の霞、その夜明けの霞を見ると心にしみる）

朝床《どこ》に聞けば遥《はる》けし射水川朝こぎしつつ唱《うた》ふ船人　（同・四一五〇）

（朝の床で耳をすますと、はるかから聞こえてくる。射水川を漕ぎながらうたう舟人の声）

おわかりでしょうか。答えは、「音」あるいは「声」です。第一首では「羽ばたきながら鳴く鴫の声」、第二首では「千鳥の声」、第三首では「鳴きたてる雉の声」、そして第四首では「舟人のうたう声」。いずれも音（声）の歌といってよいでしょう。耳が敏感だったのか。あるいは意識して耳をすましていたのか。おそらく、両方だったのでしょう。見逃せないのは、そうして聞こえてくる音によって「物悲しい気分」や「うら悲しさ」、つまり愁いが、より深められてゆくという、デリケートな感覚です。こういう複雑かつ微妙な感覚をもった歌人は、そしてそれを歌で表現しえた歌人は、それまでにはいませんでした。

素朴、雄勁《ゆうけい》、荘重などと形容される万葉第一期の歌から百年をへて、万葉集の歌は、繊細で優美、感傷的で感覚的と形容される方向へと進んだと言われます。個人の内面のかすかな揺れや気分の起伏が、日本語で表現できるようになってきたのです。このような歌の境地を体現しているのが家持の歌です。その意味でこの時期は、「家持の時代」なのです。

越中守と「山柿《さんし》の門」

大伴家持は前章で登場した大伴旅人の子で、養老二年（七一八）ごろの生まれ。旅人五十代のときの子です。母は、旅人があのすばらしい挽歌群を捧げた正妻の大伴郎女ではありません（つまり家持は庶子でした）が、長子だったので、名門大伴氏の嫡男《ちやくなん》として育てられます。旅人にしたがい、筑紫大宰府にも滞在していました。大宰府では山上憶良にも接したはずで、作歌上では憶良の大きな影響を受けています。この憶良と、親代わりとして若い家持の面倒をみた叔母・大伴坂上郎女が、家持の直接の歌の師ということになります。

十五、六歳のころから作歌を始めていた家持ですが、その才能が開花したのは、二十九歳から三十四歳まで（七四六～七五一年）を国守として過ごした越中国（富山県と石川県北部。当時「能登国」は越中に含まれていた）においてです。この五年間に作った歌は約二百二十首で、全作歌数約四百七十首の半分近くを占めています。しかも、量ばかりでなく質もまた充実していた。天平二十年（七四八）の春の出挙《すいこ》[*6]の際、国守として越中諸郡を巡行した折に詠んだ歌を見てみましょう。

　礪波《となみ》郡雄神河の辺にして作れる歌一首

雄《を》神《かみ》川くれなゐにほふ娘子《をとめ》らし葦附《あしつき》水松の類採《と》ると瀬に立たすらし（巻十七・四〇二一）

（雄神川が紅色にかがやいている。娘たちが、葦付〈水草の一種〉を取ると、浅瀬に立っているかららしい）

新川《にひかは》郡延槻河《はひつきがは》を渡る時作れる歌一首

立山《たちやま》の雪し来《く》らしも延槻《はひつき》の川の渡瀬《わたりせ》鐙《あぶみ》浸かすも　（同・四〇二四）

（立山の雪が溶けはじめたらしい。延槻川の渡り瀬もあぶみが水に濡れるほどの増水だ）

珠洲《すす》郡より発船《ふなだち》して治布《ちふ》に還りし時、長浜湾《ながはまのうら》に泊《は》てて月光《つき》を仰ぎ見て作れる歌一首

珠洲《すす》の海に朝びらきしてこぎ来《く》れば長浜の湾《うら》に月照りにけり　（同・四〇二九）

（珠洲の海を朝を押し開くように、早朝出航して漕いで来たのに、長浜の浦にはもう月が照り輝いていた）

いずれも、現在の富山県、石川県の美しい地名（題詞も含め）と印象鮮明な自然描写、整った調べとがあいまって成った自然詠の秀作です。一方、こんな歌もあります。

あしひきの山も近きをほととぎす月立つまでに何か来鳴かぬ　（巻十七・三九八三）

（山がこんなに近くにあるのに、ほととぎすよ、月が変わった今日になっても、お前はどうして鳴かないのか）

「月立つ」は新月があらわれる、つまり陰暦一日《ついたち》の意味です。つまりこの歌は暦をう

たった歌なのです。題詞と左注を総合すると、「奈良では、ほととぎすは立夏の日に来て鳴くものと決まっている。それなのに、この越中では、立夏四月を過ぎてすでに何日もたつのに、まだ声を聞かない。そこでこの恨みの歌を作った」とあります。例によってほととぎすの「声」にもこだわっていますが、ここで注目したいのは、暦というもの（それは、自然を制度化したものと言ってよいのですが）を、歌の世界にもちこんで面白がるという、家持ならではのセンスです。当時の貴族や官僚は、それぞれ暦を持っており、暦をもとにした年間スケジュールで仕事をし、旅をし、生活をしていました。その暦という社会生活上の制度を、自然や季節のディテイルとつきあわせることで、家持は新しい詩の世界を創出したのです。この、暦と自然というテーマは、時代が下っても、古今集以後、長い間、日本の詩歌史のなかで愛好される重要なテーマになってゆきます。

ところで越中時代の家持が、国守としての職務を几帳面《きちようめん》にこなし、清新な歌を精力的に作る一方、意欲的に取り組んだ仕事がありました。万葉集の編纂です。

万葉集全二十巻の編纂過程について、最も詳細な展望を与えたのは伊藤博氏の説です。これを、やや強引にまとめると、①最初に持統太上天皇の時期（六九七～七〇二年）に、巻一の主要部分がまとめられた。②次に元正朝（七一五～七二四年）に増補して、巻一・二が成立した。③次いで養老末期から天平初め（七二一〜七三四年）にかけて、さらに増補されて十一巻ばかりになった。そして、元正太上天皇の発意のもとに、④天平十七年から天平勝宝三年（七四五〜七五一年）ごろにかけて、それまでの巻に私家集などを加えて集大成した「十五巻＋付録一巻（のちにふくらんで巻十六となる）」が成立した、というもの。

この④（現行万葉集のほぼ巻一〜巻十六）の編纂者の一人として、大伴家持が想定されています。実際、④の編纂時期は、家持の越中時代と重なるのです。貴族や官僚たち、交際する女性たちとの煩《わずら》わしい付き合いに明け暮れる都の生活から離れ、解放された家持が、ひとり越中の国府（現在の高岡市）の居室に資料を並べ、せっせと歌の整理をしている姿が目に浮かびます。

万葉集編纂は歌人としての家持にとって、重要な仕事であったことは確かです。天平十九年（七四七）三月、家持は、部下でもあり歌友でもあった越中掾《じょう》・大伴池主《いけぬし》*7に送った歌、「更に贈れる歌一首并に短歌」（巻十七・三九六九〜七二）の前文中に、「……幼年いまだ山柿《さんし》の門に逕《いた》らずして、裁歌の趣、詞を聚林に失ふ」（幼年時代に、「山柿の門」に学ばなかったので、作歌するにあたっても、用語のあつかいが粗雑です）と書いています。有名な「山柿の門」です。「柿」は柿本人麻呂でまちがいないのですが、「山」は山上憶良、山部赤人、その両方と、いろいろな説があって確定できていません。しかしいずれにせよ、この文章で家持は、歌とは勝手気ままに作ってよいものではなく、山柿のような先輩を継ぎつつ作ってゆくべきものだ、ということを逆説的に語っています。

つまり家持は、歌とは伝統詩であり、それが価値あるものとなるためには、歴史の中にきちんと位置付けられるものでなければならない、と考えた。したがって、先人たちの作品を整理して次代に残してゆくことをめざす万葉集という歌集の編纂は、歌人としての家持にとっては最重要の仕事、使命と考えていたのでした。そしてその点で家持は、「文化の継承者」としての自覚を最初にもった人であった、と言い得ると思います。

大伴の氏と名に負へる丈夫《ますらを》の伴

その一方で家持は、神話時代以来の軍事貴族の名門大伴氏の宗家嫡流として、大伴の氏の名に強い誇りをもっていました。しかし大伴氏は確実に没落しつつあった。歴史的には、この時代をさかのぼること二百年の西暦五〇〇年代に、大連《おおむらじ》＊8として朝廷を取り仕切ったのが最盛期で、その後は物部氏・蘇我氏の後塵《こうじん》を拝し、大化の改新以降は新興藤原氏の台頭で、ますます影が薄くなります。祖父・安麻呂、父・旅人はそれでも大納言まで進んだけれども、先回りしていえば、家持は従三位中納言で終わります。死後には一時除名されるなどのことがあった家持の代で、古代豪族としての大伴氏の命脈は事実上つきてしまいます。

そんな位置に置かれているだけに、大伴の名が公的な場に現れると、よくても悪くても、家持は反応しています。よいほうの例では、天平二十一年（七四九）、陸奥国から金が産出した際に出された聖武天皇の詔書の中で、大伴氏を「内兵（側近の兵士）」と表現したことに感涙して、家持は長歌を作ります（「陸奥国より金《くがね》を出《いだ》せる詔書を賀《ことほ》く歌」）。なお、引用部分前半に曲がつけられ、かつて軍歌としてうたわれたのをご存じの方も多いでしょう。

……海行かば　水漬《みづ》く屍《かばね》　山行かば　草生《む》す屍　大君の　辺《へ》にこそ死なめ　顧みはせじと言立《ことだ》て　丈夫《ますらを》の　清きその名を　いにしへよ　今の現《をつづ》に　流さへる　祖《おや》の子どもぞ

（巻十八・四〇九四）

（……［大伴氏とは］「海を行くなら水漬く屍、山を行くなら草生す屍となっても、大君のお側で死のう、けっして後悔はすまい」と誓って、丈夫としてのけがれなき名を、昔から現在まで伝えてきた祖先の末裔なのだ）

一方、悪いほうの例は、聖武太上天皇が崩じた直後の天平勝宝八年（七五六）五月、大伴一族の長老の出雲守大伴古慈斐《こしび》が、淡海三船《おうみのみふね》*9の讒言《ざんげん》により任を解かれた事件です。真相は、政権奪取を狙う藤原仲麻呂*10が大伴氏を追い落とすべく仕組んだ讒言だったらしい。そして、それを察した家持は、この事態に強い危機感をもった。そこで作ったのが長歌「族《やから》に喩す歌」です。このなかで家持は、一族（氏）の由来を綿々と説き、言動を慎むことを求め、軽挙を戒めています。長歌の末尾と反歌（短歌）一首を引きましょう。

……惜《あたら》しき　清きその名ぞ　凡《おほ》ろかに　心思ひて　虚言《むなごと》も　祖《おや》の名断《た》つな　大伴の
氏《うぢ》と名に負へる　丈夫《ますらを》の伴《とも》　（巻二十・四四六五）

（……名誉ある清らかな大伴の名なのだ。おろそかに考えて、かりそめにも祖先の名を絶やすでない。大伴の氏と名を持つわが丈夫たちよ）

剣刀《つるぎたち》いよよ研《と》ぐべし　古《いにしへ》ゆ清《さや》けく負《お》ひて来《き》にしその名ぞ　（同・四四六七）

（剣太刀を研ぐように心を研ぎ澄ましておけ。昔から負い持ってきた由緒ある大伴という名なのだ）

宗家の嫡流として、藤原氏の専横から大伴氏を守ろうとする家持ですが、政治的・人間的にタフであることが求められる、そうした役どころには向いていません。何しろ、右の「族に喩す歌」を作った〝同じ日〟に、「病に臥して、無常を悲しみ、修道を欲《ねが》ひて作れる歌」と題して「うつせみは数なき身なり山川《かは》の清《さや》けき見つつ道を尋ねな」（人の身は、はかないものだ。山や川の清い風光を見ながら、仏の道を尋ねよう）（巻二十・四四六八）という歌を作る人なのです。

春愁三首の〈気分〉

家持には、題詞や左注でわざわざ「独り」の思いだと断っているケースが多くあります。たとえば、「ひとり天漢《あまのがは》を仰ぎていささか懐《おもひ》を述ぶる一首」（巻十七・三九〇〇）、「独《ひとり》幄《あげはり》の裏にゐて、遥に霍公鳥の喧くを聞きて作れる歌」（巻十八・四〇八九～九二）などです。何らかの要請があって作るのではない歌、読者や聞き手の存在を前提としない歌、自身の内的欲求で詠みたいから詠む歌。つまり、「独詠歌」です。それ以前に、こんな歌のありようを意識した人はいません。その意味では、家持は日本で最初の「文学者」と言ってもよいと思います。

そのような「独り」の最高作として定評があるのは、「春愁三首」（七五三年）です。題詞の「興によりて作れる歌」とは、まさに「詠みたくなったから詠んだ歌」ということです。まず、家持の作歌に対する姿勢を表明した発言として知られる、左注を見ましょう。

春日遅遅として、鶬鶊《ひばり（ママ）》正に啼く。悽惆《いた》める意《こころ》、歌にあらずは、撥《はら》ひ難し。よりてこの歌を作り、式《も》ちて締緒《むすぼほり》を展《の》べたり。

（春の日はうららと照り、うぐいすが啼いている。この感傷的な心は、歌でなければ晴らしがたい。そこでこの歌を作って、鬱屈した心情を解放するのである）

ここで「悽惆める意」とは、具体的な何かが心を痛ませたり、悲しませたりするのではありません。存在それ自体の悲しみとでも言うべきものでしょう。家持の恩人の左大臣橘諸兄に何かがあったのではないか、藤原氏との関係について悲観したのではないかなど、実社会の閉塞《へいそく》的な状況の反映を見るむきもありますが、ここではその見方はとりません。〈気分〉がキーワードだと私は思います。

春の野に霞たなびきうらがなしこの夕かげにうぐひす鳴くも　（巻十九・四二九〇）
（春の野にかすみがたなびいて、もの悲しい。この夕べの光の中で、うぐいすが鳴いている）

わが屋戸《やど》のいささ群竹《むらたけ》ふく風の音のかそけきこの夕《ゆふべ》かも　（同・四二九一）
（わが庭の、ささやかな群竹を吹く風の音が、かすかに聞こえる。この夕刻よ）

うらうらに照れる春日《はるひ》に雲雀《ひばり》あがり情《こころ》悲《かな》しも独しおもへば　（同・四二九二）
（うららかに照る春の日に、ひばりがさえずり、もの悲しい気分だ、ひとり思えば）

音（声）に耳をすますという家持の特徴は、この三首にも明らかです。第一首では「うぐいすの鳴き声」を、第二首では「吹く風の音」を、第三首では「ひばりが舞い上がってゆくときのさえずり」を、しっかりと聞いているのです。とりわけすごいのは、第二首です。笹の葉に風があたってかすかな音がしたという、ただそれだけのことで、ふつうなら仮に気づいても、注目することはないだろうし、ましてや歌にしようなどとは考えない。この「かそけき音」への注目は、日本の詩の歴史のなかで画期的な出来事でした。

さて、いまでこそ評価が定まった春愁三首ですが、三首が注目されるようになったのは近代、それも大正に入って歌人・窪田空穂が評価して以後のことです。それだけ近代的なのです。その窪田空穂は『万葉集評釈』のなかで、第一首については「作意は『うら悲し』という気分である」と言い、第二首については「家持の人生に対する気分というような、彼の魂に直接つながるものを感じさせる」と言い、第三首については「家持は社会的にも孤独感を持っていただろうし、また文雅の面でも（……）孤独感を持っていただろうが、ここにいっている孤独感はそうしたものではなく、人間の本能として持つ孤独感であったろう」と言っています。

「悽惆《いた》める意《こころ》、歌にあらずは、撥《はら》ひ難し」とは、具体的な原因があっての閉塞的な心情ではなく、作歌にすがらざるをえない私の気分、魂の次元の孤独感だとするこの見方があたっているのではないかと思います。

多麻川にさらす手作――東歌

万葉集の歌集としての枠組みは、『古今和歌集』に始まる二十一の勅撰和歌集（二十一代集。十～十五世紀に成立）に大きな影響を与えました。たとえば万葉集の二十巻という巻数（二十という数に、それほど特別な意味はなかったと思いますが）が踏襲される。二十一代集で二十巻でないのは、金葉《きんよう》・詞花《しか》の二集（いずれも十巻）だけです。また、歌を主題ごとに分類してまとめる「部立」も、分類の仕方や名称は変わるものの、ずっと継承されます。

ところが、万葉集には、二十一代集には継承されなかった、まったく独自の歌群があります。東歌《あずまうた》と防人歌《さきもりうた》です。東歌とは「東国の歌（東国で採集された歌）」のこと。そして防人歌は、万葉集ではすべて、東国から徴集され九州で沿岸の防備についた者たちが作った歌なので、これも「東国の者たちの歌」。つまり東歌・防人歌とは、古代東国の人々の暮らしや喜び、悲しみから生まれてきた歌をいまに伝えるという、まったく類を見ない歌群なのです。

まず東歌から見てゆきましょう。万葉集では巻十四を全編、「東歌」の巻として、ここにまとめて収めています。総数は約二百三十首で、すべて短歌です。そのうち、採集された国がわかる歌は九十首。これをさらに、西から東へと国別にわけていて、これにより、当時の都びとが、どこを東国と認識していたかがわかる。すなわち、遠江・駿河・伊豆・相模・武蔵・上総・下総・常陸（以上、東海道）、信濃・上野・下野・陸奥（以上、東山道）で、当時は、おおよそ富士川と信濃川を結んだ以東を東国と考えていたわけです。

さて、東歌の最大の特徴は二つ。作者名のある歌が一つもないこと、歌の中に東国の方言・訛りがかなり含まれていること、です。例をあげましょう。

うべ児《こ》なは吾《わぬ》に恋《こ》ふなも立《た》と月《つく》ののがなへ行けば恋《こふ》しかるなも（巻十四・三四七六）
（ほんとにあの娘は俺に夢中らしい。新月が、だんだん移ってゆくので、恋しがっているだろう）

このうち、「児《こ》な」「吾《わぬ》」「なも」「立《た》と」「月《つく》」「のがなへ」「恋《こふ》し」「なも」の八語は東国方言と考えられます（こな＝「こら」の訛り、わぬ＝「われ」の訛り、こふなも＝「こふらむ」の訛り、たと＝「たつ」の訛り、のがなへ＝「ながらへ」の訛り、こふし＝「こひし」の訛り、かるなも＝「かるらむ」の訛り）。

右は極端な例ですが、統計では東歌の六五・一パーセントには方言的な特色が認められるようです。こんなに方言を使う例は、その後の歌集にありません。方言が入るわずかな例外は鎌倉幕府の三代将軍、源実朝[*11]です。東国で生まれ育った実朝には、東国方言の入った歌があります。箱根芦ノ湖を詠んだ歌「玉くしげ箱根の海はけゝれあれやふた山にかけて何《なに》かたゆたふ」（『金槐和歌集』巻之下）には、「け丶れ（こころ）」という方言が使われています。

では、いくつか東歌を読んでみましょう。

多麻川にさらす手作《てづくり》さらさらに何《なに》ぞこの児《こ》のここだ愛《かな》しき　（巻十四・三三七三）

（多摩川にさらす手織りの布よ。さらにさらになんでこの子がこんなに可愛いのだろう）

足柄《がら》の彼面此面《をてもこのも》に刺《さ》すわなのかなる間しづみ児《こ》ろ吾紐《あれひも》解く　（同・三三六一）

（足柄山のあちら側にもこちら側にも仕掛けた罠が鳴る、そのさわぎのすきをつくようにして、娘と私は紐を解く）

等夜《とや》の野に兎窺《をさぎねら》はりをさをさも寝なへ児《こ》ゆゑに母に嘖《ころ》はえ　（同・三五二九）

（等野の野で兎を狙うようにそっと狙って、まだろくに寝てもいないあの娘なのに、彼女の母に叱られちまって）

第一首は東歌の代名詞のようになっている武蔵国の歌。上の二句は序詞《じょことば》*12で、「さらす」が音のひびきで「さらさらに」以下のフレーズを呼び起こしています。布をさらすのは女性の仕事。第一首の序詞は、「この児」つまり恋人が、健康で働き者の娘であることを暗示しています。のろけ歌と言ってもいい民謡的恋歌です。

第二首は相模国の歌。恋する二人はいま、人々の噂の渦中にあり、その行動は人々の注目を集めている。その合間をねらってデートしている、というわけです。

第三首はどの国か不明の歌で、等夜という地名が確定できません。「窺はり」は「窺へり」、「寝なへ」は「寝ざる」の方言。二句までが序詞で、「をさぎ」の音で「をさをさ」以下を起こしています。男が夜、女の家を訪れたところ、母親に見つかって怒られたわけです。

こういう野趣《やしゅ》に富んだ歌の多いところから、東歌はすべて古い民謡と思われがちですが、必ずしもそうではないと私は考えています。作者不明の古い民謡に加えて、採集されたころに作られた新作があり、なかには都から来た人が作った無署名の歌もあっただろう、と思われます。そんな東歌の多様性あるいは流動性を示す例を一つだけあげましょう。

上毛野《かみつけの》伊奈良《いなら》の沼の大藺草《おほゐぐさ》よそに見しよは今こそ勝《まさ》れ　（巻十四・三四一七）

（上野の伊奈良の沼の大藺草のように、ただ外ながら見ていた時よりは、交際しはじめた今の方が恋しさがました）

この東歌には「柿本朝臣人麻呂歌集に出づ」との注があります。つまり人麻呂歌集にある。しかし上野の「伊奈良の沼」という現在も所在未詳の、ごくローカルな沼の名が、もともと人麻呂歌集に記されていたとは思えない。これは、東国を訪問した官人、あるいは大和を訪れた東国人によって、大和にもたらされたこの歌が、人麻呂歌集に採録されたのでしょう。さらに想像すれば、大和で変形され、洗練された歌が、再び東国に運ばれたということもあったかもしれません。方言が含まれていない歌もたくさんあるのです。

拙劣《つたな》き歌は取載せず——防人の歌①

防人は「埼守」の意味で、対馬・壱岐・北九州沿岸の警備にあたった兵のこと。天智三年（六六四）に、「是歳《ことし》、対馬嶋《つしま》・壱岐嶋《いきのしま》・筑紫国《つくしのくに》等に、防《さきもり》と烽《すすみ》とを置く」（日本書紀「天智紀」）とあるのが最初の配備です。その理由は、前年の白村江の戦いで唐・新羅の連合軍に大敗したこと。勢いに乗る両軍の日本来襲を恐れた天智政権が、あわてて配

律令制下の国と七道

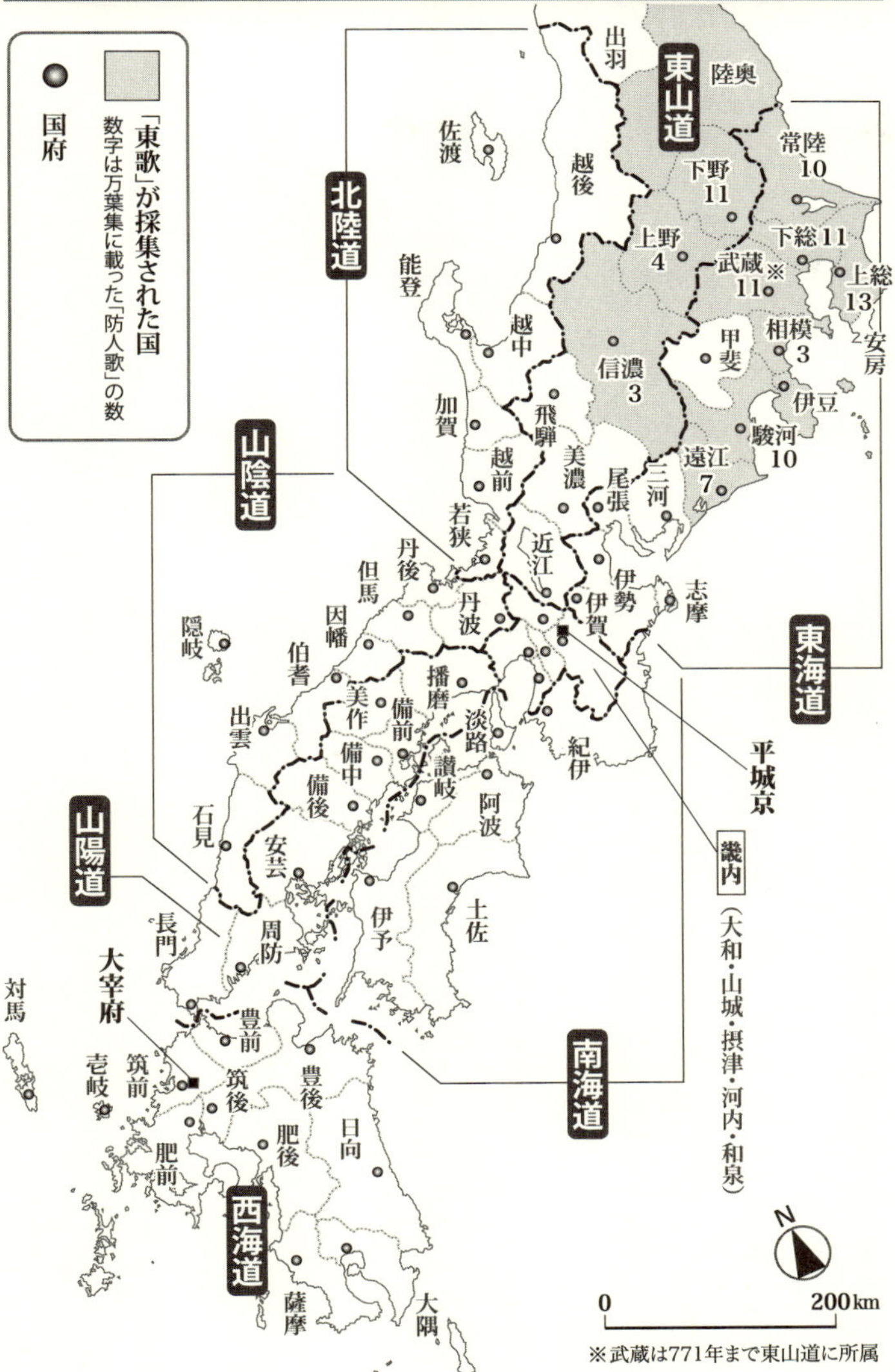

※武蔵は771年まで東山道に所属

備したわけです。

　防人には当初は西国の兵士をあてていたようですが、大宝年間（七〇一～七〇四）になるまでには、事実上東国だけから徴兵するようになりました。定員は三千人で、二十一～六十歳以下までの正丁《せいてい》[13]を徴集し、任期は三年で、毎年一千人ずつが交替しました。定員が国土防衛軍としては少ないようですが、防人は防衛軍などの戦闘部隊ではなく（これには九州各国に数千人ずつの軍団がありました）、あくまで警備・監視を本務とする兵だったからです。平時は、与えられた土地を耕作して自給自足をしながら監視していた。そういう兵士なのです。

　それにしても、なぜ筑紫から遠い東国の人間が防人なのか。これには、決して矢を背中に受けない勇気をもつ東国人を選んだとか、五世紀以来朝廷の支配が浸透した東国からは徴集が容易だったなどの見方がありますが、私は、逃亡しにくかったからではないかと思います。第一に、東国の人間は土地勘がないので逃亡をはじめからあきらめる、第二に、逃げ出しても言葉（方言）からすぐにばれてしまう、といった理由が大きかったのではないか。

　万葉集には、九十八首もの防人歌、すなわち防人とその家族が作った歌が収められています。その大部分の八十四首をしめるのは、天平勝宝七年（七五五）二月、交替のために筑紫に向かった防人たちが、兵部省に進上した防人歌です。なぜ、進上したのか。ここに登場するのが大伴家持です。家持は前年、兵《ひょう》部《ぶ》少《しょう》輔《ゆう》に任じられ、この二月には防人に関する事務の総指揮にあたることになった。そこで、難波に赴くに先立ち、東国の国府に対して防人歌の上申を命じたのです。その家持の命令にこたえて、東国諸国から防人を引率してきた部領使《ことりづかい》が、それぞれの国の防人たちの歌を記したものを進上したというわけです。

防人歌を進上した諸国は、遠江・相模・駿河・上総・常陸・下野・下総・信濃・上野・武蔵の十か国で、前出巻十四の「東歌」の範囲とほとんど重なります。そして、歌もまた東国の歌の特徴を、むしろ「東歌」よりも色濃く備えています。たとえば、防人歌に認められる方言的特色は、実に九三・五パーセントで、前出東歌の六五・一パーセントよりはるかに高いのです。一首見てみましょう。

吾等《わろ》旅は旅と思《おめ》ほと家《いひ》にして子持《こめ》ち痩《や》すらむわが妻《み》かなしも　（巻二十・四三四三）

（わが旅は、覚悟の旅だからとあきらめもするが、家で子をかかえてやつれているだろう、妻がいとしい）（吾等（わろ）＝「われ」の訛り、思（おめ）ほと＝「思（おも）へど」の訛り、持ち（めち）＝「もち」の訛り、妻（み）＝「め」の訛り）

ところで、この歌には左注の形で「右の一首は、玉作部広目《たまつくりべのひろめ》」と作者名がついています。このとき難波で集められた防人歌は、すべて署名入りです。また、この歌は駿河国の防人歌が十首並んでいるなかの一首ですが、全体の末尾にこんな左注があります。

二月七日、駿河国の防人部領使守《かみ》従五位下布勢《ふせ》朝臣人主《ひとぬし》、実《まこと》に進《たてまつ》れるは九日、歌の数二十首。但、拙劣《つたな》き歌は取載せず。

駿河の国の部領使が進上した歌は二十首だったが、拙劣い歌は載せなかった、というのです。載っているのは十首なので、つまり十首は「拙劣き歌」として没にされたわけです。それを取捨したのは、もちろん大伴家持。この左注も家持が書いたものでしょう。諸国から集められた防人歌の総計は百六十六首でしたが、万葉集に載っているのは八十四首です。差引き八十二首は、「拙劣き歌」として、家持に捨てられたのでした。

百隈《ももくま》の道は来にしを——防人の歌②

・故郷を出る時の歌

では、防人歌を、ほぼ流れに沿って読んでゆきましょう。第一首は、村で防人の指名を受けて、国庁に行くためにあわただしく家を出てきたときの歌。第二首は非情な村長に腹を立て、抗議している歌。第三首は「昔の防人歌」で、残される妻の不安を表した歌。

水鳥の発《た》ちの急《いそ》ぎに父母に物言《ものは》ず来《け》にて今ぞ悔しき

（巻二十・四三三七）駿河国・有度部《うどべ》牛麻呂

（水鳥が飛び立つような、旅立ちの慌しさにまぎれ、父母にろくに物も言わないで来てしまって、悔しくってならない）

ふたほがみ悪《あ》しけ人なりあたゆまひわがする時に防人《さきもり》にさす

（同・四三八二）下野国・大伴部広成

（フタホの村長は、悪い人だ。俺が急病のときに防人に指名して）

防人《さきもり》に行くは誰《た》が夫《せ》と問ふ人を見るが羨《とも》しさ物思《もひ》もせず

（同・四四二五）「昔年《さきつとし》の防人の歌」より

（「今度防人にゆくのは誰のだんなさん？」。そう尋ねる人を見るのは羨ましい限り。何の物思いもせずに）

•国庁を出立する時の歌

国庁に集まった防人とその家族は、ここで防人編成式に臨み、そのあと家族と別れ、部領使の引率で、陸路難波をめざします。第一首は出立の際の決意表明と思われます。防人歌の中で例外的に奮い立ち、声高に忠誠を誓う歌。先の戦争中は、この歌が防人歌の代表とされました。第二首と第三首は別れにあたっての夫婦唱和の歌。武蔵国の国庁（東京市府中市）にいながら、歩いてゆく先の足柄峠を先取りして夫と妻がそれぞれの思いをうたっています。第四首は母がいないため残してきた子を心配した歌。ただし当時は、親戚が一緒に住むケースも多く、子育てはどうにかなったのでしょう。

今日よりは顧《かへり》みなくて大君の醜《しこ》の御楯《みたて》と出で立つ吾《われ》は

（巻二十・四三七三）下野国・今奉部与曽布《いままつりべのよそふ》

（今日からは、後ろを振り返ることもなく、大君のつたない楯として、出立してゆくのだ。われは）

足柄《あしがら》の御坂《みさか》に立《た》して袖振らば家《いは》なる妹は清《さや》に見もかも

（同・四四二三）　武蔵国・藤原部等母麻呂《ともまろ》

（足柄のみ坂に立って袖を振ったら、家にいる妻ははっきり見てくれるだろうか）

色深《ぶか》く夫《せな》が衣《ころも》は染《そ》めましを御坂《みさか》たばらばまさやかに見む

（同・四四二四）同・妻《め》物部刀自売《とじめ》

（色濃く夫の服を染めておけばよかった。足柄の坂を坂の神に通していただく時、はっきり見られただろうに）

唐衣《からころもすそ》裾に取りつき泣く子らを置きてぞ来《き》のや母《おも》なしにして

（同・四四〇一）　信濃国・他田舎人《をさだのとねり》大島

（大陸風の服の裾にとりすがって泣く子を置き去りにして出征してきた、母親のいないままに）

・難波での歌

難波に集結した防人たちは、兵部省の役人による手続きを終えると、大宰府の防人司から派遣されてきた役人に引率され、ここから海路筑紫大宰府へ向かうことになります。どの歌も、はるばるきた道と前途の長旅の狭間で、一様に故郷の家族への思いをうたっています。

松の木《け》の並《な》みたる見れば家人《いはびと》の吾《われ》を見送ると立《た》たりしもころ

（巻二十・四三七五）下野国・物部真島《ましま》

（松の木が並んで立っているのを見ると、家族が出発する我を見送っていたのとそっくりだ）

百隈《ももくま》の道は来にしをまた更に八十島過ぎて別れか行かむ

（同・四三四九）上総国・刑部直三野《おさかべのあたひみの》

（何度も曲がり角を曲がって、長い道のりをやってきたのに、更にまた、たくさんの島々をめぐって別れて行かねばならないのか）

おし照るや難波の津ゆり船装《ふなよそ》ひ吾《あれ》はこぎぬと妹に告《つ》ぎこそ
(同・四三六五)常陸国・物部道足《みちたり》

(照り輝く難波の港から、船出の準備を整えて出航していったと、故郷の妻に伝えてほしい)

万葉集巻軸の歌

天平宝字三年(七五九)正月一日、因幡の国守・大伴家持は国司郡司らを国庁に招いて、元日の宴を開きました。その折、家持が詠んだ一首。

新《あらた》しき年の始の初春の今日ふる雪のいや重《し》け吉事《よごと》
(巻二十・四五一六)

(新しい年のはじめの元日の今日降る雪のように、いよいよ降り積もれ、吉き事よ)

万葉集巻末の歌です。五穀豊穣を予祝する雄略天皇のめでたい春の歌に始まった万葉集は、吉《よ》き事が絶えることなく降り積る未来を予祝する正月の歌で閉じられるのです。このの ち家持は二十六年生きました。この間、歌を作らなかったはずはないと思いますが、しかし残っていません。晩年の桓武朝初期(七八一~七八三年)、家持は、天平十八年（七四六）からこの天平宝字三年（七五九）正月まで、一年の切れ目もなく継続した歌の手控え（歌日誌）を四巻にまとめて、すでにあった十六巻の万葉集に継ぎ足しました。最終的な完成はいつにせよ、万葉集二十巻の形はここになったのです。

以来千二百年余、「梨壺《なしつぼ》の五人[*14]」に始まる先人たちの万葉集研究、解読の努力の上に立って、二十一世紀を生きるわれわれは、万葉集の歌を享受しています。万葉集は、その命名にこめられた願いどおりに、「万代ののちまでも」生きつづけていると言えそうです。

＊1　孝謙天皇
七一八〜七七〇。聖武天皇・光明皇后の皇女。第四十六代天皇。のち重祚して第四十八代称徳天皇となる。

＊2　淳仁天皇
七三三〜七六五。舎人親王の子。孝謙天皇の譲位で即位、第四十七代天皇。その治世には藤原仲麻呂が専権をふるった。

＊3　笠女郎
生没年未詳。若き日の大伴家持と交渉があったらしく、万葉集に収める短歌二十九首はすべて家持にあてた相聞歌。

＊4　中臣宅守・狭野弟上（茅上）娘子
天平十年（七三八）、中臣宅守という官人が越前国に流された。そのとき、娶ったばかりの狭野弟上娘子という「蔵部の女孺《にょじゅ》（下級女官）」との間で交わした相聞歌群が巻十五に載る。

＊5　田辺福麻呂
生没年未詳。天平時代後半（七四〇年代）の宮廷歌人。天平二十年（七四八）、橘諸兄の使者として、越中の大伴家持を訪ね、歌を交わしている。

＊6　出挙
正税として納められた稲（官稲）を農民に強制的に貸し付け、収穫後、利子の稲（利稲）とともに返納させる制度（公出挙）で、国庁の重要な財源だった。貸し付けの際の管内巡行も定められていた。

＊7　大伴池主
生没年未詳、系譜未詳。越中掾ののち越前掾をへて、天平勝宝時には再び都で家持と歌を交わしている。橘奈良麻呂の乱（七五七年）に加わり、投獄。以後消息不明。

＊8　大連
大臣《おおおみ》と並ぶ、大化期以前における大和政権の最高官の称号。五世紀に連の姓をもつ大伴氏・物部氏が任じられたが、五四〇年の大伴金村失脚以降は物部氏が独占した。

＊9　淡海三船
七二二〜七八五。奈良時代の文人。大友皇子（天智天皇の皇子）の曽孫。淡海真人の姓を賜り、官歴を重ねる。宝亀三年（七七二）、大学頭兼《かみ》文章博士《もんじょうはかせ》。『続日本紀』の撰に加わる。『懐風藻』の選者とする見方もある。

＊10　藤原仲麻呂
七〇六?〜七六四。藤原武智麻呂の子。天平勝宝八年（七五六）、左大臣橘諸兄を致仕に追い込む。淳仁天皇の時、独裁的権力を得て、恵美押勝《えみのおしかつ》の名を賜る。孝謙上皇との反目から天平宝字八年（七六四）謀反。敗れて斬首。

＊11　源実朝
一一九二〜一二一九。父は源頼朝、母は北条政子。十二歳で将軍就任。辣腕北条義時が執権になると、政治から逃避、詩歌と蹴鞠にのめりこむ。建保七年（一二一九）正月、鶴岡八幡宮で甥の公暁《くぎょう》に暗殺された。

＊12　序詞
表現しようとする語句を効果的に導くために、その語句の直前におかれる言葉。音数に制限はないが、七音以上、または二句以上に及ぶものが多い。

＊13　正丁
戸令に定める六段階の年齢区分のひとつで、二十一〜六十歳の男子。兵役・賦役の中心的な負担者とされた。

＊14　梨壺の五人
天暦五年（九五一）、村上天皇は、後宮の昭陽《しょうよう》

舎《しゃ》（梨壺）に和歌所をおき、第二勅撰集『後撰和歌集』の選と並行して、当時読めなくなっていた万葉集を訓読するよう命じた。これにより、源順《したごう》・大中臣能宣《よしのぶ》・清原元輔・紀時文《ときぶみ》・坂《さかの》上《うえの》望城《もちき》すなわち「梨壺の五人」は、約四千首の万葉歌に訓点（古点《こてん》）をつけた。万葉研究の記念すべき第一歩である。

万葉集の時代年表

年	時期	天皇	出来事
六〇七	第一期	推古	●小野妹子らを遣隋使として派遣 ●この年、法隆寺創建か
六二二	第一期	推古	●厩戸皇子（聖徳太子）没
六二六	第一期	推古	●蘇我馬子没。蝦夷まもなく大臣になる
六二八	第一期	推古	●推古天皇没
六二九	第一期	舒明	●舒明天皇即位
六三〇	第一期	舒明	●第一次遣唐使の派遣
六四二	第一期	皇極	●皇極天皇即位。蘇我入鹿、国政を執る
六四三	第一期	皇極	●入鹿、山背大兄王（聖徳太子の子）を滅ぼす
六四五	第一期	孝徳	●中大兄皇子、中臣鎌足ら、蘇我入鹿を宮中で殺害、蝦夷自死（大化の改新）
六四六	第一期	孝徳	●改新の詔
六五五	第一期	斉明	●斉明天皇即位（皇極天皇重祚）
六五八	第一期	斉明	●有間皇子、謀反の疑いで処刑

第一期の主な歌人
額田王　天智天皇
天武天皇　有間皇子
中臣鎌足

年	時期	天皇	出来事
七〇二	第二期	文武	●山上憶良、遣唐使少録として入唐
七〇七	第二期	元明	●元明天皇即位
七一〇	第二期	元明	●平城京遷都
七一二	第二期	元明	●『古事記』成立
七一五	第三期	元正	●元正天皇即位
七一六	第三期	元正	●阿倍仲麻呂、吉備真備ら、遣唐使船で唐に留学
七二〇	第三期	元正	●『日本書紀』成立
七二三	第三期	元正	●三世一身法の施行
七二四	第三期	聖武	●聖武天皇即位。陸奥国に多賀城を設置
七二九	第三期	聖武	●長屋王、謀反の疑いで窮問を受け自死
七三一	第三期	聖武	●大伴旅人没

第二期の主な歌人
柿本人麻呂　持統天皇
大津皇子　大伯皇女
志貴皇子　高市黒人

第三期の主な歌人
山部赤人　大伴旅人
山上憶良　高橋虫麻呂
大伴坂上郎女

第一期

斉明

六六〇 ●唐・新羅連合軍、百済を滅ぼす

六六一 ●斉明天皇、百済救援の途次、九州で没。中大兄皇子、称制

天智

六六三 ●日本・百済軍が白村江の戦いで唐・新羅連合軍に大敗

六六四 ●九州に防人をおく

六六七 ●近江大津宮に遷都

六六八 ●中大兄皇子即位し、天智天皇

六七二 ●壬申の乱に大海人皇子が勝利

第二期

天武

六七三 ●大海人皇子、飛鳥浄御原宮で即位し、天武天皇

六八六 ●天武天皇没。大津皇子、謀反の疑いにより捕らえられ、刑死

持統

六九〇 ●持統天皇即位。戸籍（庚寅年籍）に基づき班田制本格化

六九四 ●藤原京に遷都

文武

六九七 ●文武天皇即位

七〇一 ●大宝律令完成（翌年施行）

第四期

聖武

七三三 ●山上憶良没

七三七 ●天然痘流行、政権中枢の藤原四兄弟相次いで没。橘諸兄、以後国政に起用される

七四一 ●諸国に国分寺建立の詔

七四三 ●墾田永年私財法発布。大仏造立の詔

七四六 ●大伴家持、越中守となり赴任

孝謙

七四九 ●孝謙天皇即位

七五二 ●東大寺盧舎那仏（大仏）開眼

七五四 ●鑑真来日

七五七 ●橘諸兄没、橘奈良麻呂の乱

淳仁

七五八 ●大伴家持、因幡守となり赴任。淳仁天皇即位

七五九 ●大伴家持、因幡国庁で『万葉集』最後の歌を詠む。唐招提寺建立

第四期の主な歌人

大伴家持　大伴坂上郎女
中臣宅守　狭野弟上娘子
笠女郎　田辺福麻呂

ブックス特別章

相聞歌三十首選

①
秋の田の穂の上に霧《き》らふ朝がすみいづへの方にわが恋ひやまむ

（巻二・八八）磐姫皇后

（秋の田の稲穂の上にたちこめる朝霧。その霧の行き場所がないように、私の恋の思いは晴れそうにない）

万葉集全巻の「相聞」の最初に出てくるのが、この作を含む磐姫皇后の四首です。旅に出て久しく帰らない夫・仁徳天皇を恋う四首の連作。その四首目がこの歌です。磐姫は仁徳天皇の皇后で、古事記や日本書紀には異常に嫉妬深い女性として登場します。嫉妬深いとは愛情が深いことだと古代人は理解しました。つまり、愛情がとりわけ深い女性ということで、人々に人気のある女性だったのですね。

前の三首は、⑴久しくお帰りにならない夫を山を越えて迎えに行こうかしら（逡巡）。⑵これほど恋いこがれるよりは、いっそのことお迎えに山に入り、山の岩を枕に死んでしまった方がましだ（煩悶）。(3)いや、このままいつまでもお待ちしよう。黒髪が白髪に変わるまでも（思いの転換）。つまり、「起承転……」ときて、四首目のこの歌が「結」の位置にあります。見事な構成なので、後の時代の誰かが磐姫皇后を主役にした歌物語として制作したのだろうと考えられています。作者はあの柿本人麻呂だった可能性が高いと私は思っています。

② 吾《われ》はもや安見児《やすみこ》得《え》たり皆人の得《え》かてにすとふ安見児得たり　（巻二・九五）藤原鎌足
（我はああ、安見児を得た。誰でもが得がたいとしている安見児を自分のものとしたのだ）

「釆女《うねめ》安見児を娶る時の歌」の意味の題詞があります。宴席での得意満面の鎌足の顔が思い浮かぶような一首です。

「釆女」とは、後宮で天皇の食膳などに奉仕する女官のこと。郡の次官以上の子女で、容姿のすぐれた者の中からえらばれ、臣下との結婚は禁じられていました。それなのに鎌足が妻となしえたのは、大化の改新で参謀役をはたした功績で、論功行賞として特別に天智天皇が許したのでしょう。単純明快、古代的な明るさに満ちた相聞歌で、古くから多くの人たちに人気のある歌です。

③　わが里に大雪ふれり大原の古《ふ》りにし里にふらまくは後《のち》
（巻二・一〇三）天武天皇
（わが里には大雪が降ったぞ、お前が住む大原の古ぼけた里にはまだ降ってはおるまい）

天武天皇が妻の一人である藤原夫人《ぶにん》に贈った歌です。天皇が住む飛鳥浄御原と夫人が住む大原とは一キロもないほどの近さです。だからユーモアが生きるわけですね。親密な二人の間ならではの、たわむれの歌です。今でいえば彼女に受け狙いのメールを送るような気軽な歌です。

④　吾《あ》を待つと君がぬれけむあしひきの山のしづくにならましものを
（巻二・一〇八）石川郎女
（私を待つといって君が濡れたという、その山の雫になることができたらよかったのに）

大津皇子が贈った次の歌に答えた作です。「あしひきの山のしづくに妹《いも》待つと吾《われ》立ちぬれぬ山のしづくに」（あなたをずっと待っていて、私は山の雫［夜露］にぬれた。山の雫に）。大津皇子の歌もみごとですが、山の夜露に変身したかったというこの作のアイディアもなかなかのものです。

男女が夜の山中で逢うというのは異常ですし、男が女を待つというのも、当時の男女関係としては異常ですね。じつは、石川郎女は人妻だったのです。これにつづく後の歌で、事情がはっきりします。二人の密会が秘密警察の関係者と思われる陰陽道の達人の占いで発覚してしまいます。石川郎女はなんと皇太子・草壁皇子の妻であったというのです。生臭い皇位継承争いで大津皇子はやぶれ、処刑されてしまいます。

⑤　人言《ひとごと》をしげみ言痛《こちた》みおのが世にいまだ渡らぬ朝川渡る　（巻二・一一六）但馬皇女《たじまのひめみこ》

（人の噂が激しくうるさいので、生まれてからまだ一回も渡ったことのない朝の川を渡って逢いにゆく）

但馬皇女は異母兄の高市皇子《たけちのみこ》の后でありながら、もう一人の異母兄穂積皇子を愛するようになります。その悲恋物語の歌が万葉集には三首並んで収録されています。これはその三首目で「……窃《ひそ》かに穂積皇子に接《あ》ひ、事既にあらはれてつくりませる御歌」と題詞にあって、事情がわかります。

生まれてはじめての体験です。素足で川に入ったのでしょうか。水の冷たさに震える若い心が想像されます。

⑥　人はみな今は長しとたけと言へど君が見し髪乱れたりとも（巻二・一二四）　園臣生羽《そののおみいくは》
（人は皆、今は長すぎるから束ねよと言うけれども、あなたが見た髪ですもの、乱れてもそのままにしてあります）

夫が妻の家に通う通い婚の時代です。新婚間もないときに、夫が病床に伏してしまい、しばらく通えなくなったときのこと。夫が次の歌をおくってきます。「たけばぬれたかねば長き妹が髪このころ見ぬに掻入《かき》れつらむか」（束ねようとすればほどけてしまい、束ねないでおくと長すぎるあなたの髪は、しばらく見ない間に束ねて結い上げただろうか）。それに答えたのがこの歌です。

結婚すると女性は髪を束ねて結い上げたのです。結婚相手の夫が、髪を結い上げたのだと思われます。世間の人々は、未婚の髪型の生羽に対して「そろそろ髪を結い上げたらどうなの?」と言ってきているのでしょう。男は不安がっているのでしょうね。そうした背景があって、「あなた以外の男に、私の髪型を変えさせたりしませんよ。安心して療養してください」というシグナルを送ったのがこの一首なのです。

⑦　ささの葉はみ山もさやに乱《さや》げども吾は妹おもふ別れ来ぬれば

（巻二・一三三）　柿本人麻呂

（笹の葉は山全体をゆらすようにさやさやとそよいでいるけれど、我はただ、一心に彼女のことだけを思う。別れてきてしまったので）

「ささの葉はみ山もさやに乱げども……」という「さ音」の重なりが独特の音楽を現出して、名歌として評判の高い一首です。笹の葉が風にさやぐ音が全山をゆらすような山を行く男。男の心中はいま、外界のさわがしさと反比例するようにしんと静まって、愛する女性のことだけを思いつづけている。いかにも人麻呂の作らしい、ドラマティックな構成がすばらしい一首です。

この作は、「石見国より妻に別れて上り来りし時」という題詞がある二編の長短歌の中の一首です。人麻呂が地方官として、石見の国（島根県）に赴任していた折の作と思われます。自分の体験をもとにして、宮廷人たちに喜ばれるロマンに満ちあふれた歌物語を作りあげたと推定されます。そのクライマックスがこの歌なのです。

⑧　君待つとわが恋ひをればわが屋戸《やど》のすだれ動かし秋の風吹く　（巻四・四八八）額田王

（君のおいでを待って恋ごころをつのらせていると、秋風が吹いてきて、わが部屋のすだれを動かしている）

額田王が夫・天智天皇を思って作った歌とする題詞があり、この後に額田王の姉と思われる鏡王女の歌が並んでいます。男を待つ女性のデリケートな心の起伏をうたった優美な歌として、評判の高い作です。斎藤茂吉は「当りまえのことを淡々といっているようであるが、こまやかな情味の籠った不思議な歌である。……この歌の如きは王の歌の中にあっても才鋒《さいほう》が目立たずして特に優れたものの一つである」（『万葉秀歌』）と絶賛しています。

しかし、近年、中国の『文選《もんぜん》』『玉台新詠《ぎょくだいしんえい》』等に似たような詩文が多いことから、額田王・鏡王女を主人公にした「待つ恋」の歌物語の歌とする説も出されています。とすると、作者は額田王ではないということになります。

⑨　珠衣《たまぎぬ》のさゐさゐしづみ家の妹にもの言はず来にて思ひかねつも　（巻四・五〇三）

（さゐさゐと潮騒のように騒いだ出発前の騒ぎが静まってみると、わが妹に何も言わず

に出発してきてしまったのを思い出し、わが心がコントロールできない)

「珠衣」は枕詞で「さゐさゐ」にかかります。「玉」は接頭語。「さゐさゐ」は上からのつづきでは衣擦れの音で、妻の衣服、共寝のイメージが重なっています。下への続きでは、旅への出発前の騒がしさをシンボリックに表現しています。「しづみ」は鎮まるの意味です。

意味的にはやや込み入っていますが、「たまぎぬのさゐさゐしづみ」という不思議な音の響きが卓抜で、一読、忘れられない魅力をたたえた作として、高く買う人も多い作です。たとえば塚本邦雄。『清唱千首』は、古典和歌のすぐれた読み手である塚本邦雄の名著ですが、「恋」の部の冒頭にこの歌が置かれています。「夫の妻に対する愛が滾《たぎ》るやうに、この二句に表現されてゐる。妻なる人の容姿から衣服までが浮んで来るやうだ。人麿の数多《あまた》ある相聞中随一」としています。

⑩ わが屋戸《やど》の夕陰草《ゆふかげくさ》の白露の消《け》ぬがにもとなおもほゆるかも　(巻四・五九四)笠郎女《かさのいらつめ》

(わが家の庭の夕影草に置く露のように、今にも消えてしまいそうに、ただただあなたのことが思われます)

作者・笠郎女は作中に二十九首を残していますが、一首を除いて、他のすべてが大伴家持に贈った恋の歌です。若き日の家持は十指に余るほど多くの女性と交際し、歌のやりとりをしており、笠郎女もその大勢のなかの一人でした。万葉仮名では「恋」を「孤《こ》悲《ひ》」と表記します。笠郎女の恋の歌は、訪れてくれない男をひたすら待つ孤《ひとり》の悲しさをうたった歌がほとんどです。

「夕陰草」は笠郎女の造語です。「陰」は「光《かげ》」の意味です。夕方の微光のなかに草の白露がかすかに光っている。そのはかない感じがはかない恋のイメージなのです。じつにみごとな比喩ですね。笠郎女の恋の歌はどれもすばらしい。感性がよく、アイディアがあります。万葉集の女性の恋歌では、彼女が第一番だと私は思います。実らぬ恋とひきかえに彼女は見事な恋の歌をえたのでした。

⑪　相思《あひおも》はぬ人を思ふは大寺の餓鬼《がき》の後《しりへ》に額《ぬか》づくごとし　（巻四・六〇八）笠郎女

（私を相手にしてくれない男を一方的に恋するのは、大寺の餓鬼像の後ろに額づいて祈るように、甲斐のないことだ）

家持の心はすでに冷めてしまっていて、片思い状態になってしまった自分を自嘲的にうたっている歌ですが、意表をつく比喩を採用したアイディアがすばらしいですね。大胆さにおいてこの比喩は万葉集で第一でしょう。

なお、「大寺」は奈良四大寺。大安寺、薬師寺、元興寺、興福寺です。

⑫ 振仰《ふりさ》けて若月《みかづき》見れば一目見し人の眉引《まよびき》おもほゆるかも　（巻六・九九四）大伴家持

（ふり仰いで三日月を見ると、ただ一目見たあの人の美しい眉が思い出される）

この作、大伴家持のもっとも若いときの歌として知られています。十六歳の作です。細く描かれた眉と三日月との連想がストレートで清潔です。気のせいか、「一目見し人の……」というあたりの軽やかなリズムに若々しい感じが読めます。

この作、じつは「初月《みかづき》」という題の題詠歌でした。叔母の坂上郎女もいっしょの題で歌を作っているので、作中の「人」は、やがて家持の妻となる大嬢《おおいらつめ》を指しているのだろう、と言われています。大嬢は坂上郎女の娘で、坂上郎女が娘の心を表象するような歌を作っているからです。当たっていると思います。

⑬　ひさかたの月夜《つくよ》を清《きよ》み梅の花心開けてわが思へる君　（巻八・一六六一）紀少鹿郎女《きのをしか》
（月が清らかなので、梅の最初の花が開くように私の心も開けて、もうあなたがおいでになるだろうと、どきどきしている私です）

万葉集の相聞歌は、逢えない悲しさや独りでいる淋しさをうたう歌がほとんどなのですが、この作はめずらしく、もうすぐ逢える喜びをうたっています。梅の花が開くように私の心がしぜんに開ける感じだ、というのです。当時、中国から日本に入ってきたばかりだった梅は、みな白梅でした。月光に照らされる白梅の花のイメージが美しい。

作者の紀少鹿郎女は、紀郎女という名前でも万葉集に出てくる女性で、大伴家持の先輩官人の安貴王《あきのおおきみ》の妻です。しかも家持よりも年齢がかなり上だったと思われます。この歌は家持に贈った歌と思われますが、実際の恋の歌ではなく文芸的な相聞歌だったと考えていいでしょう。文学作品としての短歌が意識化されてくるのです。万葉集も第四期になると、こういう実際の恋に実用されたのではない、文芸的な相聞歌の佳作が多くなってきます。

⑭　春さればしだり柳のとををにも妹は心に乗りにけるかも

（巻十・一八九六）柿本人麻呂歌集

（春になるとしだれ柳がしなうように、心がしなうほどずっしりと、彼女がわれの心に乗りかかってしまった）

「……妹は心に乗りにけるかも」は、「彼女が我の心を占領してしまった」、「彼女にもうめろめろ」の意味で、万葉人たちに大人気のフレーズでした。

「是川《うぢがは》の瀬瀬《せぜ》のしき波しくしくに妹は心に乗りにけるかも」（巻十一・二四二七）、「漁《いざり》する海人《あま》の楫《かぢ》の音《と》ゆくらかに妹は心に乗りにけるかも」（巻十二・三一七四）といったふうに、どのようにという意味かイメージを上句に置いて、下句を「……妹は心に乗りにけるかも」とすれば、いくらでもバリエーションが作れるわけですね。万葉集時代の相聞歌第一の人気フレーズだったのがわかる気がします。

⑮　恵《うるは》しとわが思《も》ふ妹は早も死なぬか生《い》けりとも吾《われ》に依《よ》るべしと人の言はなくに

（巻十一・二三五五）柿本人麻呂歌集

（かがやくばかりの彼女、だが、いっそ早く死んでしまえばいい。生きていてもわれになびくだろうなんて、誰も言ってくれないのだから）

片思いの歌です。こんな苦しい思いをするならいっそのこと死んでしまえばいい。万葉集中で、こんな呪いのようなことを言っているのはこの歌だけです。この歌、内にこもったところがなく、開けっぴろげで明るい感じがするのは、背景に大勢の笑い声がひびいているからでしょう。歌垣《うたがき》のような場を想像してもいいでしょうが、私は宴席を想像します。酒も入っているのでしょう。

この歌と次の歌は、旋頭歌と呼ばれる五七七・五七七という形式です。万葉集中には六十二首あります。

短歌はご存じのように、五七五七七、つまり五句でできています。短歌のように奇数句でできている詩型は、基本的に書かれ、読まれる詩。旋頭歌のように六句体つまり偶数句の詩型は、発音され、聞いて楽しむ詩だったと言われます。たとえば、うたわれる詩である都々逸《どどいつ》は七七七五、四句体です。これもうたわれる今様は七五七五・七五七五の八句体です。読む詩である俳句は五七五、三句体です。この旋頭歌は、すでに言いましたように、宴席で声に出してうたわれ、大いに場を盛り上げたのではないでしょうか。

⑯　玉垂《だれ》の小簾《をす》の隙《すけき》に入り通ひ来《こ》ね　たらちねの母が問はさば風と申《まを》さむ

（巻十一・二三六四）古歌集

（〔玉垂の〕簾のすきまから、そっと忍び込んできてくださいな。〔たらちねの〕母さんがだれかきたの？　と尋ねたら、「今のは風よ」と申しましょう）

女性の立場の歌です。親の監視が厳しい家に通ってくる男にむかって、女性が「大丈夫よ」「母さんがとがめても、なんとか言い訳するから」、そう誘い、尻込みする男を励ましているおもむきです。

これも旋頭歌体の歌です。宴席でうたわれた歌だろうと思います。第一句に「玉垂の」、第三句に「たらちねの」と、それぞれ枕詞をすえてリズムをとっているのも、うたわれる詩としてふさわしい。女性の機知がおしゃれな雰囲気をかもしだしているなかなかの作と思います。きっと宴席で人気のある歌だったのでしょう。

⑰　うち日さす宮道《みやぢ》を人は満《み》ち行けどわが思ふ君はただ一人のみ

（巻十一・二三八二）柿本人麻呂歌集

（都大路を人は大勢行き来しているけれど、私が思いを寄せる人はただ一人だけ）

平城京の道はスケールが大きい。一部復元されているので、じっさいの大きさが実感できます。一番広い朱雀大路はなんと幅七十二メートル、二番目に広い二条大路でも三十八メートルもあります。その両側に貴族たちの家があり、唐招提寺、薬師寺、大安寺といった大寺の屋根がのぞめます。そんな道を、高松塚古墳の壁画のようにカラフルな服装の貴族、高級官人の男女が行き来していたのです。

平城京の人口は五万～十万と言われています。そのうち貴族、高級官人は百五十人ぐらい、中下級官人七千～八千人ぐらい、そしてその家族たち。あとは商人や職人、農民等の庶民たちでした。このうち、短歌を楽しんだのは貴族、高級官人、中下級官人とその家族たちだけです。

この歌の場面はどこでしょう。八条大路に面して、東西に市が置かれていました。羅城門に近い、もう都のはずれの方ですが、市場の周辺は相当なにぎわいだったと想像されます。東西の市の近くの道は、たぶん「宮道を人は満ち行けど」、そんな感じだっただろうと想像されます。

同じような作に、「しき島の日本《やまと》の国に人二人ありとし思はば何かなげかむ」（巻十三・三二四九）がありますが、平城京の宮道という具体的な場のイメージがある分だけ、この歌の方が私たちには親しい感じがします。

⑱　相見ては面隠さるるものからに継ぎて見まくのほしき君かも　（巻十一・二五五四）

（顔を合わせると、はずかしくて顔をかくしてしまうけれども、すぐにもう、また逢いたくなるあなた！）

この歌、通い婚の時代の新婚間もない女性の歌とみられています。早朝、明るくなるころに男は帰ってゆく。そのときは、恥ずかしくて夫の顔をまともに見られないけれども、別れてしまうとすぐに、もう夜が待ちどおしくなる、というのです。

新妻の歌として初々しい感じがするからでしょう、評判のいい歌で、多くの人が愛誦歌にあげています。

⑲　朝寝髪吾はけづらじ愛《うるは》しき君が手枕《たまくらふ》触れてしものを　（巻十一・二五七八）

（寝乱れた朝の髪を私は櫛けづりません。すばらしいあなたの手枕が触れた髪なのだから）

これも、前の歌と同様に、朝帰って行く夫におくった妻の歌。万葉集には、「……うち靡《なび》くわが黒髪……」「……ぬばたまの黒髪敷きて……」といったフレーズがあります。

当時の女性は一般的に髪を長く伸ばしていたようです。夜寝るときは髪を解き、昼間は結い上げたらしい。結い上げる前に、朝、寝乱れ髪を櫛けずるのです。

「君が手枕ふれて」は、夫の腕を枕にして寝る意味です。万葉集ではめずらしく直接的な性愛表現です。「うるはしき」は、立派な、本格的な、といった褒め言葉です。ただすてきな、とか美しいというだけではなく、一種の敬意を読んでもいいと思います。

⑳　さ檜《ひ》の隈《くま》檜の隈川に馬とどめ馬に水飲《か》へ吾外《われよそ》に見む　（巻十二・三〇九七）

（檜隈を流れる檜隈川の岸に馬をとめて、馬に水を飲ませてください。私はよそながらあなたの姿を眺めましょう）

「寄物陳思（物に寄せて思いを陳《の》ぶる）歌」という分類の中に収められていて、馬にことよせて思いを陳べた歌です。つまり「馬」の題詠歌ですね。檜隈（明日香村檜前《ひのくま》）に住む女性が思いを寄せる男性に呼びかける場面、あるいは通りすがりの旅人に声をかける場面を想像すればいいでしょう。作中の「檜隈川」は奈良県高市郡を通って曾我川に合流する川です。万葉集のふるさとに詳しい読者には、檜隈の近くを近鉄吉野線に沿って北流している川、と言った方がわかりやすいかもしれません。

当時、この歌は人気があったらしく、後の時代に次のようなかたちで伝えられています。「ささの隈檜の隈河に駒とめてしばし水かへ影をだに見む」（古今集・巻二十・一〇八〇）。『古今集』に「神遊びの歌」として載せられています。

㉑ さ寝《ぬ》らくは玉の緒ばかり恋ふらくは富士の高嶺の鳴沢《なるさは》のごと

（巻十四・三三五八）東歌

（一緒に寝られるのはほんの短い間だけ。逢いたい恋ごころの激しさは富士山の鳴沢のよう）

逢っている時間が短く感じられるのは、心理的な要因とも考えられますが。「東歌」の他の歌から推して、実際にあわただしい逢う瀬だったと想像されます。短い時間しか女性と一緒にいられないのは、女性の親の監視が厳しかったからだと思われます。親の監視の隙をついて逢わなければならないのです。母親の監視の厳しさをうたった歌が「東歌」に何首もあります。「鳴沢」は音を立てて崩れる沢のこと。現在の「大沢なだれ」のような崩壊沢のことです。富士山麓でうたわれた民謡的な歌と思われます。

㉒　ま愛《かな》しみさ寝《ね》に吾《わ》はゆく鎌倉の美奈《みな》の瀬《せ》川に潮満つなむか　（巻十四・三三六六）東歌
（彼女かわいさに、俺は寝にゆく。美奈の瀬川には夕潮が満ちているだろうか）

「美奈の瀬川」は由比ヶ浜にそそぐ今の稲瀬川です。『神奈川県の地理と歴史』にこうあります。「現在の鎌倉は三方を山に囲まれ、南は海に面した狭い土地にぎっしり家屋がつまっている。このほぼ三角形の平地はもと、ほとんど海面下にあった。（中略）縄文から弥生にかけて、地盤の隆起、土砂の堆積によって海湾が干上がり人々が住みつくようになった」（神奈川県地理研究会編）。弥生時代以後も隆起はつづいたと思われます。現在はほんの小さな川ですが、万葉集の時代はもっと大きな川で、満潮時に徒歩で川を渡るとなると、腰や胸まで濡れてゆかなければならなかったのでしょう。

この歌には、「寝」（さ寝の「さ」は接頭語）という語が使われています。セックスを直接に意味する「寝」の語が用いられているのは、東歌の特色です。都の歌には用いられないこの「寝」が、東歌二百三十首中に二十八首も出てきます。

㉓　足《あ》の音《おと》せず行かむ駒《こま》もが葛飾の真間《まま》の継《つぎ》橋やまず通はむ　（巻十四・三三八七）東歌
（足音を立てずに歩く馬がほしい。もしそんな馬がいたら、葛飾の真間の継橋を毎晩そ

れに乗って通うのだけど）

万葉集に「真間の手児名《てこな》」という美女伝説を伝える歌があり、そんなこともあって、現在の千葉県市川市真間に歌碑と橋があります。今は川がないので赤い橋の欄干だけがおかれています。この歌、真間の手児名をうたったファンタジックな歌とも読めますが、しばらく女性を訪ねずにご無沙汰してしまった男の言い訳の歌とも読めます。「どうも世間の目がうるさくてね。足音のしない馬がいたら毎晩でも通うんだが」。笑いを呼ぶこの解釈の方が、東歌にふさわしい気がします。

なお、万葉集には、打橋《うちはし》（両岸にとどく板を渡す）、石橋（川中の自然石を利用）、船橋（何艘か船を浮かべてその上に板を渡す）などが他にあります。ここの継橋は、川中に杭を何本か打ち込み、それを板でつないだ橋で、川幅の広い所に渡した橋です。

㉔　筑波嶺《ね》の彼面《をても》此面《このも》に守部《もりべ》すゑ母い守《も》れども魂《たま》ぞあひにける　（巻十四・三三九三）東歌

（筑波山の向こうの面にもこちらの面にも番人を置いて山を守る、そのように母さんが厳しく監視しているけれど、私たち二人の魂は逢ってしまったよ）

筑波山は聖なる山でしたから、盗伐は禁止され、それをきびしく監視する番人があちこちに配置されていたらしい。その番人が守部です。意味としては、守部を据えるように厳しく母が守るけれど……、とつづきます。女性の母は、娘のところに勝手に男性が通ってこないように監視することがあったようです。悪い虫がつかないように、というだけではなく、当時の社会構造なかんずく経済問題に起因していたようです。班田収受法で国から貸与される耕地面積と関係していたからです。

万葉集に「魂あへば相寝《ね》むものを」（巻十二・三〇〇〇）というフレーズがあります。魂の次元で逢うことができれば、やがて共寝ができる、そう考えられていたようです。魂が逢うか逢わないかは、重要なことだったのですね。

㉕　上毛野《かみつけの》安蘇《あそ》の真麻群《まそむら》かき抱《むだ》き寝《ぬ》れど飽かぬを何《あ》どか吾《あ》がせむ

（巻十四・三四〇四）東歌

（上毛野［群馬県］の安蘇の麻畑の麻の束をしっかりと抱くように、しっかり抱いて寝るけれど、それでも満足することはない。俺はいったいどうすればいいのだろう）

東歌らしい東歌として人気のある一首です。男ののろけ歌ですが、じっさいは労働歌として麻の収穫時に題材をとったものでしょう。麻の収穫は何十本かの麻をいっしょに束のように抱いて、一気に引き抜くのだといいます。そのイメージと女性を抱くイメージの重ね合わせですが、麻独特の強いにおいが、エロチックな空気を感じさせます。

㉖ 伊香保ろの傍《そひ》の榛原《はりはら》ねもころに奥をなかねそ現在《まさか》し善《よ》かば　（巻十四・三四一〇）東歌

（伊香保の山麓の榛の木の、その根のようにねんごろに将来のことをくよくよしなくていい。現在が充実していればそれでいいじゃないか）

女性が将来に対する不安を言ったのに対して、男がくよくよしなくていいよ、と説得している場面を思い浮かべればいいでしょう。「奥」は将来の意味です。将来は向こうにあるものでもなければ、向こうから来るものでもない。現在の奥にあるのだ、というのが古代日本人の考えでした。現在を掘るように生きれば、おのずからそこに将来はあるというのです。

㉗ 君が行く道の長路《ながて》を繰《く》り畳《たた》ね焼き亡ぼさむ天《あめ》の火もがも

（巻十五・三七二四）狭野弟上娘子

（あなたが行く長い道のりを、たぐりよせて、畳んで、一気に焼き亡ぼしてしまうような天の火があればよいのに）

狭野弟上娘子の夫・中臣宅守《なかとみのやかもり》は、勅勘をこうむって越前（福井県）の武生《たけふ》に流罪になりました。何の罪かは不明です。巻十五にはこのときの二人の歌が、六十三首一括して載せられています。奇跡をねがうこの歌、道を一挙に焼き尽くす「天の火」、という大胆かつ出色のアイディアの秀抜さで名作の評判高く、人気のある歌です。

㉘　帰りける人来《きた》れりといひしかばほとほと死にき君かと思《おも》ひて

（巻十五・三七七二）　狭野弟上娘子

（赦されて帰って来た人が都に着いたと人々がいうので、ほとんどもう死ぬ思いでした。君がお帰りになったのかと思って）

この歌も、すぐ前の歌と同じく越前の武生に流された夫・中臣宅守を思う歌です。天平十二年（七四〇）六月十五日に大赦があり、流罪にされていた穂積老ら五人が赦されて入京しました。娘子は大赦で赦された五人が帰ってきたという噂を聞いたのだと思われます。もしかしたら五人の中に夫も含まれているのではないか、と期待した心のたかぶりを、「ほとほと死にき」とドラマティックに表現していて、これも評価の高い作です。斎藤茂吉『万葉秀歌』は「(狭野弟上)娘子の歌の中では一番よい」と書いています。

㉙ 飯喫《いいは》めど　甘《うま》くもあらず　行き往《ゆ》けど　安くもあらず　あかねさす　君が情《こころ》し　忘れかねつも

(巻十六・三八五七)

(ご飯を食べても美味しくない。外出しても心楽しむことができない。若々しい君のお心がいつも思われてしまって)

この歌、「五七　五七　五七七」という型です。短歌に「五七」をプラスしたもっとも短い長歌です。この歌には長い左注がつけられています。長いので要約しておきます。「佐為王《さいのおおきみ》邸に小間使いの女性がいた。この女性、昼も夜も忙しく当直もつづいて、しばらく夫と会えなかった。ある夜夢の中で夫の姿を見、抱きつこうとしたら目がさめてしまった。そこで、この歌を泣きながら口ずさんだ。佐為王がこれを聞き、あわれと思って以後この女性の宿直を免除した」という話です。平安朝時代に多くなる「歌の徳」を伝える話ですが、エピソードとあいまって印象深い歌と思います。なお、「あかねさす」は「君」にかかる枕詞で、顔色がかがやくようなとの意味で、君をほめたもの。

㉚　わが妻も画《え》にかきとらむ暇《いつま》もか旅行く吾《あれ》は見つつしのはむ

（巻二十・四三二七）防人歌

（せめて妻を絵に描きとる時間があればよいのになあ。そうすれば妻のポートレートを持って、防人の任期のあいだ、妻の絵を見てふるさとを偲ぶのだが）

「防人の歌」の一首です。防人に指名されてから出発までには短い日数しかなかったらしい。そのことを嘆いた作が他にも何首かあります。これは想像ですが、村に絵の上手な人がいてその人に描いてもらったのでしょう。何に描いたのか。携帯に便利な、陶片あるいは小さな木の板だと思われます。現在のわれわれがポートレートを携行するように、任地へ持ってゆきたかったというのです。珍しい題材をうたった作で古くから注目を集めてきた一首です。

あとがき

万葉集は、七世紀前半から八世紀半ばにかけての、約百三十年という長い期間に作られた四千五百余首もの歌を収めています。長い期間に作られた、たくさんの歌をおさめているそのことが、万葉集の大きな特色なのです。

百三十年間に時代がどう展開したのか。どう歌の状況が変化していったのか。そのあたりの展開や変化を流れとしてまず知っていただきたい。そんな思いで、できるだけわかりやすくアウトラインを書いたつもりです。

歌は、もちろん作者一人一人が作るものですが、同時に、作者が生きた時代によって作られるものでもあります。古代にあっては特にその傾向が強かった。その時代に歌がどのようなあり方をしていたかが、作者の個性を方向付けたとも言えるからです。

万葉集は日本の詩の始発点、日本語の歌の源泉です。この一冊を入り口にして、一人一人の作者の一首一首の万葉歌を読み込んでいただければうれしく思います。

佐佐木幸綱

本書は、「ＮＨＫ１００分de名著」において、２０１４年４月に放送された「万葉集」のテキストを底本として一部加筆・修正し、新たにブックス特別章「相聞歌三十首選」などを収載したものです。

装丁・本文デザイン／菊地信義
編集協力／西田節夫、湯沢寿久、福田光一
図版作成／小林惑名、山田孝之
エンドマークデザイン／佐藤勝則
本文組版／㈱ノムラ
協力／ＮＨＫエデュケーショナル

p.1　平安時代の『万葉集』書写本「元暦校本万葉集」（古河本）より、巻1の額田王と大海人皇子の贈答歌（20 ～ 21）部分
（東京国立博物館蔵Image：TNM Image Archives）
p.13　推古天皇の宮殿があったとされる小墾田《おはりだ》宮跡（奈良県明日香村）
p.49　柿本人麻呂の歌碑（奈良県明日香村）
p.79　大宰府正殿跡。背後の山は山上憶良の「日本挽歌」にうたわれた大野山（太宰府市）
p.111　復元された平城宮の朱雀門（奈良市）

佐佐木幸綱（ささき・ゆきつな）

1938年東京都生まれ。歌人。早稲田大学大学院修士課程修了。河出書房新社「文藝」編集長を経て早稲田大学教授。2009年より同名誉教授。2011年より「心の花」主宰。2008年より日本芸術院会員。歌集に『群黎』（第15回現代歌人協会賞・青土社）、『瀧の時間』（第28回迢空賞・ながらみ書房）、『ムーンウォーク』（第63回読売文学賞・ながらみ書房）などがあり、「男歌」の歌人として知られる。その他の著書に『万葉集の〈われ〉』（角川選書）、『柿本人麻呂ノート』（青土社）、『佐佐木幸綱の世界』全16巻（河出書房新社）、『万葉集東歌』（東京新聞出版部）、『東歌』（筑摩書房）、『万葉集を読む』（岩波書店）などがある。

NHK「100分 de 名著」ブックス
万葉集

2015年5月25日　第1刷発行
2024年6月15日　第10刷発行

著者――――佐佐木幸綱

発行者―――松本浩司

発行所―――NHK出版
〒150-0042　東京都渋谷区宇田川町10-3
電話　0570-009-321（問い合わせ）　0570-000-321（注文）
ホームページ　https://www.nhk-book.co.jp

印刷・製本―広済堂ネクスト

Printed in Japan　ISBN978-4-14-081673-8　C0090

NHK「100分de名著」ブックス

ドラッカー マネジメント……上田惇生
孔子 論語……佐久 協
ニーチェ ツァラトゥストラ……西 研
福沢諭吉 学問のすゝめ……齋藤 孝
アラン 幸福論……合田正人
宮沢賢治 銀河鉄道の夜……ロジャー・パルバース
ブッダ 真理のことば……佐々木 閑
マキャベリ 君主論……武田 好
兼好法師 徒然草……荻野文子
新渡戸稲造 武士道……山本博文
パスカル パンセ……鹿島 茂
鴨長明 方丈記……小林一彦
フランクル 夜と霧……諸富祥彦
サン=テグジュペリ 星の王子さま……水本弘文
般若心経……佐々木 閑
アインシュタイン 相対性理論……佐藤勝彦
夏目漱石 こころ……姜尚中
古事記……三浦佑之
松尾芭蕉 おくのほそ道……長谷川 櫂
世阿弥 風姿花伝……土屋恵一郎
万葉集……佐佐木幸綱
清少納言 枕草子……山口仲美
紫式部 源氏物語……三田村雅子
柳田国男 遠野物語……石井正己
ブッダ 最期のことば……佐々木 閑
荘子……玄侑宗久
岡倉天心 茶の本……大久保喬樹
小泉八雲 日本の面影……池田雅之
良寛詩歌集……中野東禅
ルソー エミール……西 研
内村鑑三 代表的日本人……若松英輔
アドラー 人生の意味の心理学……岸見一郎
道元 正法眼蔵……ひろさちや
石牟礼道子 苦海浄土……若松英輔
歎異抄……釈 徹宗
ユゴー ノートル=ダム・ド・パリ……鹿島 茂
サルトル 実存主義とは何か……海老坂 武
カント 永遠平和のために……萱野稔人
ダーウィン 種の起源……長谷川眞理子
アルベール・カミュ ペスト……中条省平
バートランド・ラッセル 幸福論……小川仁志
三木 清 人生論ノート……岸見一郎
法華経……植木雅俊
宮本武蔵 五輪書……魚住孝至
維摩経……釈 徹宗
オルテガ 大衆の反逆……中島岳志
太宰治 斜陽……高橋源一郎
アンネの日記……小川洋子
シェイクスピア ハムレット……河合祥一郎
マルクス・アウレリウス 自省録……岸見一郎
カント 純粋理性批判……西 研
貞観政要……出口治明